Clube do Crime é uma coleção que reúne os maiores nomes do mistério clássico no mundo, com obras de autores que ajudaram a construir e a revolucionar o gênero desde o século XIX. Como editora da obra de Agatha Christie, a HarperCollins busca com este trabalho resgatar títulos fundamentais que, diferentemente dos livros da Rainha do Crime, acabaram não tendo o devido reconhecimento no Brasil.

EDOGAWA RANPO

A BESTA 陰獣
NAS SOMBRAS

Tradução
Jefferson Teixeira

Rio de Janeiro, 2025

Copyright da tradução © 2025 por Casa dos Livros Editora LTDA.
Todos os direitos reservados.

Título original: 陰獣 *(Inju)*

Todos os direitos desta publicação são reservados à Casa dos Livros Editora LTDA. Nenhuma parte desta obra pode ser apropriada e estocada em sistema de banco de dados ou processo similar, em qualquer forma ou meio, seja eletrônico, de fotocópia, gravação etc., sem a permissão dos detentores do copyright.

COPIDESQUE	Ayumi Anraku
REVISÃO	Suelen Lopes e João Rodrigues
DESIGN DE CAPA	Arthur Traldi
PROJETO GRÁFICO	Giovanna Cianelli
PROJETO GRÁFICO DE MIOLO	Ilustrarte
DIAGRAMAÇÃO	Abreu's System

Dados Internacionais de Catalogação na Publicação (CIP)
(Câmara Brasileira do Livro, SP, Brasil)

Ranpo, Edogawa, 1894-1965
  A besta nas sombras / Edogawa Ranpo ; tradução Jefferson Teixeira. -- Rio de Janeiro : HarperCollins Brasil, 2025. -- (Clube do crime)

Título original: 陰獣
ISBN 978-65-5511-827-8

1. Ficção policial e de mistério (Literatura japonesa) I. Título. II. Série.

25-271907   CDD-813.0872

Índices para catálogo sistemático:
1. Ficção policial e de mistério : Literatura japonesa 813.0872

Eliete Marques da Silva - Bibliotecária - CRB-8/9380

HarperCollins Brasil é uma marca licenciada à Casa dos Livros Editora Ltda.
Todos os direitos reservados à Casa dos Livros Editora LTDA.

Rua da Quitanda, 86, sala 601A – Centro
Rio de Janeiro/RJ – CEP 20091-005
Tel.: (21) 3175-1030
www.harpercollins.com.br

Nota da editora

Tarō Hirai (1894-1965), mais conhecido pelo pseudônimo Edogawa Ranpo — uma adaptação da pronúncia japonesa de Edgar Allan Poe —, foi autor de suspense, crítico literário e um dos grandes pioneiros da literatura de mistério no Japão.

Antes mesmo de aprender a ler, Ranpo já tinha contato com o gênero: a mãe costumava lhe contar histórias de detetive antes de dormir. Um interesse que veio a tomar forma na universidade, quando passou a traduzir obras de renomados autores de mistério ocidentais, como Arthur Conan Doyle, G. K. Chesterton e Edgar Allan Poe.

Inspirado nas obras desses autores — especialmente em "O escaravelho de ouro", de Poe —, Ranpo escreveu sua primeira história, *Ni-sen dōka* [A moeda de dois sen, em tradução livre], na qual apresenta um mistério envolvendo o sistema de braille japonês (*Tenji*) e um cântico budista. Publicado em 1923 na revista *Shin Seinen* [Nova Juventude, em tradução livre], o conto foi o primeiro de autoria japonesa a figurar nas páginas da revista. Embora outros escritores do país já tivessem explorado temas de suspense e crimes, alguns críticos consideram *Ni-sen dōka* a obra inaugural do gênero no Japão, por ser a primeira a unir um mistério com uma resolução lógica a uma narrativa profundamente enraizada na cultura japonesa.

Ranpo usava o mistério e o horror — elementos comuns à literatura ocidental — como ferramentas para refletir sobre as profundas transformações históricas pelas quais o Japão passava naquele período, em especial no que se refere ao processo de modernização cultural e aos conflitos que ela suscitava. A transição de um modelo feudal para uma sociedade cada vez mais urbanizada impulsionou o crescimento acelerado das cidades e, com isso, o aumento da criminalidade. Esse novo cenário, somado à não aceitação da modernidade, deu origem à ascensão de uma nova estética cultural: o *ero guro nansensu*.

Desenvolvido entre 1923 e 1938, esse movimento se sustentava em três pilares: *ero*, o erotismo e tudo aquilo considerado "sexualmente desviante"; *guru*, a perversidade e a criminalidade crescentes; e *nonsensu*, o absurdismo resultante da união dessas duas ideias. Inspirado pelo espírito do movimento e pelo contexto sociocultural de seu país, Ranpo passou a fundir, em suas obras, a estrutura clássica da literatura de mistério do Ocidente — com crimes inesperados, pistas enigmáticas e deduções lógicas — com a estética *noir*, grotesca e erótica do *ero guro nansensu*.

O resultado foi uma obra singular, que não apenas redefiniu a literatura de mistério no Japão, mas também se tornou referência estética e cultural: em um mercado até então dominado por traduções do inglês, suas narrativas logo conquistaram a crítica e o público, se destacando por abordar questões sociais e psicológicas próprias do Japão, o que tornou o autor um dos grandes nomes da literatura japonesa moderna. Seu brilhantismo e sua inovação, no entanto, vão além da ficção. Em 1937, Ranpo fundou o Detective Author's Club, que viria a se tornar a Mystery Writers of Japan, hoje com mais de seiscentos autores de mistério afiliados. Também foi o motivador por trás da criação do Prêmio Edogawa Ranpo, voltado a escritores iniciantes, ou independentes, do gênero, e que continua inspirando e incentivando novas gerações até os dias de hoje.

*

É nesse contexto que se insere *A besta nas sombras* (1928), um dos exemplos mais representativos da fusão entre a tradição da estrutura clássica da literatura de mistério do Ocidente e a estética do *ero guro nansensu*.

A história começa quando o protagonista, um famoso autor de livros de mistério, conhece Shizuko Oyamada, uma mulher rica e casada, que lhe confidencia estar sob a perseguição de um ex-namorado: Shundei Oe, o grande rival literário do protagonista. Intrigado pelo caso e seduzido pela beleza de Shizuko, ele decide investigar, utilizando os conhecimentos adquiridos ao longo da carreira de escritor para juntar pistas e tentar descobrir se as ameaças da "besta nas sombras" são reais ou não.

No decorrer da investigação, o leitor perceberá que a tensão entre protagonista e antagonista — presente antes mesmo do início da narrativa — funciona como uma metáfora para o embate cultural vivido pela sociedade japonesa da época: tradição *versus* modernidade; beleza *versus* grotesco; ordem *versus* desordem. O mais instigante, no entanto, é notar como Ranpo sugere que a linha entre essas oposições pode ser mais tênue do que parece — e questiona se há, de fato, uma separação tão clara entre a vítima, o assassino e o detetive. A obra, assim, revela-se uma janela grotesca para um Japão em transformação e para os conflitos psicológicos de sua população.

Quase cem anos após a publicação original, a HarperCollins Brasil tem a honra de apresentar, pela primeira vez no país, este clássico da literatura japonesa, *A besta nas sombras*, com tradução de Jefferson Teixeira e posfácio de Ana Paula Laux.

Boa leitura!

A BESTA
NAS SOMBRAS

CAPÍTULO 1

Vez por outra me pego refletindo sobre os dois tipos de escritor policial existentes: os "criminosos", interessados apenas em crimes e que só se satisfazem ao discorrer acerca da psicologia brutal do criminoso mesmo quando escrevem romances policiais baseados em deduções; e os "detetivescos", sempre de olhos voltados para as ações de um detetive racional e inteligente, indiferentes à psicologia do malfeitor.

Shundei Oe, o escritor policial sobre quem escreverei doravante, se enquadra na primeira categoria, enquanto eu próprio devo pertencer à segunda. Portanto, apesar de minha ocupação consistir em lidar com criminosos, não sou uma pessoa ruim, nem um pouco, apenas julgo interessante a lógica científica dos detetives. Posso afirmar que talvez eu seja uma pessoa com um dos sensos morais mais elevados deste mundo. Alguém de boa índole como eu ter se envolvido neste caso, por mera coincidência, foi, desde o início, um erro. Fosse minha moral um pouco menos digna e dotada de uma natureza vil, meu arrependimento não teria tamanha intensidade. Eu não teria me precipitado neste abismo de dúvidas. Não, pelo contrário, eu poderia estar vivendo em plena satisfação, abençoado por uma linda esposa e uma fortuna maior do que mereceria.

Apesar de uma dúvida assustadora continuar sem resposta, muito tempo se passou desde o fim do caso, e acabei me distanciando da crua realidade, o que me possibilita olhar para os fatos de forma mais objetiva. Então, decidi escrever esta espécie de registro que se revelará decerto bastante interessante caso por ventura seja convertido em romance, embora mesmo vindo a concluí-lo eu não me atreva a publicá-lo de imediato. A estranha morte de Oyamada, parte importante deste registro, ainda permanece vívida na memória do público, e, por mais que eu obscureça os nomes ou acrescente uma roupagem diferente, ninguém reconhecerá nele um mero romance ficcional. Dessa forma, é possível que algumas pessoas em nossa vasta sociedade se sintam incomodadas pelo romance, e saber disso é embaraçoso e desagradável. Mais do que isso, a bem da verdade, estou amedrontado. Mais do que uma espécie de devaneio, o caso em si foi estranhamente assustador; sua verdadeira natureza, incompreensível; e as ilusões que tracei, apavorantes a ponto de me deixarem desconfortável. Mesmo agora, quando reflito sobre o incidente, o céu azul anil se encobre de nuvens cinzentas carregadas de chuva e um som de trovoada ressoa nos tímpanos. Tudo se anuvia diante dos olhos e o mundo se torna estranho.

Por tudo isso, não tenho a intenção de publicar de imediato este relato, mas, em algum momento, penso em escrever um romance policial baseado nele. Estas são, por assim dizer, apenas anotações. Não passam de recordações minuciosas. Então, como se redigisse um longo diário, farei os apontamentos nas páginas em branco de uma antiga agenda que comecei apenas no início do ano e não dei prosseguimento.

Antes de descrever o caso, acredito ser mais prático explicar em detalhes sobre a pessoa e o estilo de vida um tanto incomuns de Shundei Oe, o escritor policial protagonista do incidente em questão. Na realidade, eu já o conhecia por seu papel literário antes de o acontecimento se desenrolar — tivemos até mesmo uma discussão em uma revista, apesar de não termos mantido qualquer relacionamento pessoal e de eu saber muito pouco sobre a vida dele. Fui ficar ciente de mais detalhes somente depois do ocorrido, por intermédio de meu amigo Honda. Por isso, quando escrever os fatos que investiguei com tal auxílio, julgo ser mais natural seguir pela ordem cronológica dos acontecimentos, a partir do primeiro evento que me levou a me envolver nesse caso insólito.

Aconteceu no outono do ano passado, em meados de outubro. Eu caminhava a passos furtivos pelas salas desertas e à meia-luz do Museu Imperial de Tóquio, localizado em Ueno, ansioso para admirar antigas estátuas budistas. Tinha receio não só de fazer barulho a cada passo, como também de tossir, pois, nas salas amplas e vazias, o menor ruído provocaria uma reverberação assustadora. Estava tão vazio que me levava a questionar o motivo por trás da impopularidade dos museus. Os amplos vidros das vitrines de exibição reluziam friamente e o linóleo não apresentava um grão de poeira sequer. No prédio de pé-direito alto, semelhante ao do salão de um templo, reinava um silêncio profundo, como quando se está debaixo d'água.

Justo quando eu estava em frente a uma vitrine de exposição de uma das salas admirando o erotismo onírico de um antigo Bodhisattva esculpido em madeira, escutei o som de passos e do leve movimento da seda, e pude sentir alguém se aproximando por trás. Espantado, vislumbrei o reflexo da pessoa no vidro em frente. Lá, sobreposta à estátua de Bodhisattva, havia a imagem de uma mulher trajando um quimono de seda com padrão de listras xadrez e um elegante penteado arredondado comumente usado por mulheres casadas. Por fim, ela parou ao meu lado e fixou o olhar atento na mesma estátua de Buda que eu contemplava.

Encabula-me dizer que, por vezes, olhava-a de esguelha fingindo admirar a estátua. Tamanha a atração que sentira por ela. Seu rosto era pálido, mas de uma alvura deleitosa que eu jamais vira. Se existissem sereias neste mundo, sem dúvida teriam uma pele lustrosa e refinada como a dela. O rosto ovalado se assemelhava ao das mulheres de outrora, e as linhas das sobrancelhas, do nariz, da boca, do pescoço e dos ombros, de uma elegância fina e delicada, eram do tipo que os romancistas descreviam como capazes de se dissipar ao serem tocadas. Mesmo agora, não me esqueço dos longos cílios e do olhar sonhador daquela mulher.

De forma curiosa, sou incapaz de recordar qual de nós iniciou a conversa, mas devo ter sido eu a criar uma oportunidade. Por sorte, trocamos algumas palavras a respeito dos objetos em exposição e, depois, passeamos pelo museu até sairmos. Falamos de diversos assuntos enquanto seguíamos caminhando juntos por Sannai, em Ueno, em direção a Yamashita.

À medida que conversávamos, a formosura dela se tornava ainda mais refinada. Em particular, não pude deixar de ter a estranha sensação de ver, na frágil beleza da timidez de seu sorriso, a imagem de uma santa em uma antiga pintura a óleo ou a evocação dos enigmáticos lábios de Mona Lisa. Os incisivos eram alvos e grandes, e, ao sorrir, os cantos da boca pousavam sobre eles, formando uma curva misteriosa, combinando com uma grande pinta sobre a alva pele da face direita e imprimindo-lhe uma expressão doce e nostálgica impossível de escrever.

No entanto, não tivesse eu descoberto aquela coisa estranha em sua nuca, não teria sentido tamanha atração, uma vez que ela seria apenas uma pessoa elegante, gentil e vulnerável, de uma beleza passível de se desvanecer a um mero toque. Ela havia ajustado habilmente a gola do quimono de modo a esconder a coisa com bastante naturalidade, mas, enquanto caminhávamos por Sannai em Ueno, pude vê-la de relance. Na nuca, havia um vergão grosso semelhante a um hematoma vermelho-escuro, provavelmente se estendendo até as costas. Aparentava ser uma marca de nascença, mas havia também a possibilidade de ser recente. A crueldade daquele vergão, à semelhança de um fio de lã vermelho-escuro rastejando sobre a pele alva e lisa da nuca formosa e elegante, conferia-lhe uma sensação erótica. Ao vê-lo, sua beleza, que até então me parecia advinda de um sonho, se aproximou de mim de repente, com uma vívida sensação de realidade.

À medida que conversávamos, soube que ela era Shizuko Oyamada, esposa de Rokuro Oyamada, empresário e um dos sócios da empresa Rokuroku, e, por uma feliz coincidência, leitora de romances policiais e aficionada em particular pelas minhas obras (não posso me esquecer da emoção que senti ao ouvir isso). Ou seja, o relacionamento entre autor e leitora nos aproximou de uma forma bastante natural e não precisei vivenciar a decepção em me separar dessa linda mulher. Aproveitando essa oportunidade, tornamo-nos próximos a ponto de trocarmos correspondência com frequência.

Gostei do elegante passatempo de Shizuko de visitar museus, uma raridade entre as jovens, e o fato de ela adorar ler minhas obras — consideradas as mais perspicazes entre os romances policiais — deixou-me perdidamente apaixonado. Com frequência eu lhe enviava cartas à revelia, às quais ela respondia invariavelmente com uma cortesia bem feminina. Sendo um solteiro solitário, muito me alegrou ter como amiga uma pessoa tão refinada como ela.

CAPÍTULO 2

O relacionamento epistolar entre mim e Shizuko Oyamada prosseguiu por alguns meses. À medida que nossa correspondência avançava, era inegável que, apesar do meu grande nervosismo, minhas cartas começaram a ganhar certo significado, e — e isso talvez não passe de mera imaginação — as dela, apesar de reservadas, também passaram a expressar um sentimento caloroso que transcendia um mero relacionamento superficial. Para ser franco, embora não me orgulhe disso, empenhei-me e descobri que Rokuro Oyamada, marido de Shizuko, não era somente muito mais velho do que ela como também já estava careca.

Então, por volta de fevereiro deste ano começaram a aparecer passagens incomuns nas cartas de Shizuko. Parecia que, por algum motivo, ela estava muito assustada.

"Nos últimos tempos têm acontecido coisas que me deixam muito preocupada e me fazem perder o sono à noite", escreveu ela, em uma carta.

Por trás das palavras simples, podia-se depreender claramente que ela lutava contra o medo.

"Você por acaso conhece Shundei Oe, que também é escritor de romances policiais? Se souber o endereço dele, poderia me informar?", foi o pedido contido feito, certa vez, em uma de suas cartas.

Obviamente eu conhecia bem as obras de Shundei Oe, mas por ser ele um homem deveras antissocial e nunca comparecer às reuniões de escritores, não mantínhamos um relacionamento pessoal. Ademais, ele parara de escrever desde meados do ano anterior e dizia-se que teria se mudado para um local de endereço desconhecido. Respondi a Shizuko com tal informação, mas, pelo motivo que explicarei mais tarde, tive um mau pressentimento ao cogitar que talvez seu medo recente estivesse, de alguma forma, relacionado a Shundei Oe.

Logo em seguida, recebi um cartão-postal dela no qual me perguntava se "não haveria problema nos encontrarmos, pois desejo consultá-lo a respeito de um assunto". Embora eu fizesse uma vaga ideia do teor dessa "consulta", jamais poderia imaginar que fosse aquele assunto terrível e, tal como um tolo, animava-me e alegrava-me fantasiando com o quão prazeroso seria nosso reencontro. Porém, quando recebeu minha resposta dizendo "estarei esperando por você", ela veio no mesmo dia me ver. Ao recepcioná-la na entrada da pensão, estava tão abatida que eu logo me decepcionei, e a "consulta" foi tão incomum que fez desaparecer toda a minha ilusão.

— Realmente não pude me conter e vim vê-lo. Sinto que você será um bom ouvinte... Mas não seria rude fazer uma consulta direta uma vez que nos conhecemos há tão pouco tempo?

Naquele momento, Shizuko ergueu os olhos para mim com um sorriso sutil em que se destacavam os tais incisivos e a pinta. Fazia frio e havia um longo braseiro de pau-rosa ao lado da mesa de trabalho; ela se sentou com classe em frente a ele, com os dedos de ambas as mãos na direção da borda.

Os dedos dela, simbolizando todo o corpo, eram flexíveis, delgados e tênues, e, apesar de aparentarem ser frágeis a ponto de poder desaparecer ao serem segurados, tinham uma elasticidade bastante delicada, embora ela não fosse magra e a palidez não fosse sinal de debilidade. Não apenas os dedos como todo o seu corpo era assim.

Ao vê-la pensativa, respondi, sério:
— Se eu puder ajudar em algo...
— É realmente assustador — respondeu, antes de me contar os seguintes fatos estranhos, misturando-os a histórias pessoais que remontavam a sua criação.

Resumindo o que Shizuko me contou, ela nasceu em Shizuoka, onde teve uma infância feliz até pouco antes de se formar em uma escola para moças. Pode-se dizer que seu único infortúnio, quando estava no quarto ano, foi ter sido habilmente seduzida por um jovem chamado Ichiro Hirata e por um breve tempo manter uma relação amorosa com ele. A infelicidade se prenunciou quando, aos dezoito anos, em um impulso momentâneo, ela apenas tentara fingir uma paixão, quando, na realidade, não gostava de verdade do rapaz. Porém, embora de sua parte não fosse amor verdadeiro, o jovem se mostrava sério. Ela tentava evitá-lo a todo custo, mas ele a seguia com insistência, e, quanto mais ela fugia, mais se intensificava a obsessão. Por fim, vultos começaram a se esgueirar de madrugada ao redor dos muros da casa e cartas ameaçadoras e desagradáveis surgiam na caixa de correio. A moça de dezoito anos tremia com a assustadora consequência de seu impulso. Os pais se preocupavam e se sentiam pesarosos com o comportamento incomum da filha.

Naquele momento, uma enorme desventura se abateu sobre a família de Shizuko, o que acabou se revelando algo auspicioso para ela. Devido às grandes turbulências da economia na época, seu pai contraíra dívidas vultosas que era incapaz de liquidar, fora obrigado a fechar o negócio e fugira na calada da noite, indo se esconder em Hikone com a ajuda de um conhecido. Por conta dessa mudança inesperada nas circunstâncias, Shizuko se viu forçada a abandonar a escola de moças pouco antes de se formar, mas, por outro lado, ficou aliviada porque a súbita mudança de residência a livrou da obsessão do desagradável Ichiro Hirata.

Essa situação causou o adoecimento e a morte dele logo em seguida. A partir de então, a mãe e Shizuko viveram uma existência miserável, sozinhas. Mas esse revés não durou muito. Diante delas, surgiu o empresário Oyamada, natural do mesmo vilarejo onde elas se escondiam do mundo. Isso representou a salvação de ambas. O homem de negócios se apaixonou perdidamente por Shizuko assim que bateu os olhos nela e, por um intermediário, pediu sua mão em casamento. A moça também simpatizava com ele. Apesar de uma diferença de idade de mais de dez anos, ela sentiu certa admiração pelo jeito cavalheiresco e inteligente dele. As conversas acerca do casamento fluíram bem. Oyamada voltou para a residência em Tóquio acompanhado da mãe e da noiva, Shizuko. Sete anos se passaram desde então. No terceiro de casados, a mãe dela morreu devido a uma doença e, logo depois, o marido viajou por dois anos ao exterior em função dos negócios da empresa (ele retornou apenas no final do ano retrasado, e ela me contou que, nesse tempo de ausência, frequentava aulas de cerimônia do chá, arranjo floral e música todos os dias para acalentar a solidão por morar sozinha). Exceto por esse período, não houve outros eventos em particular, com o casal vivendo dias felizes em um relacionamento extremamente harmonioso. O marido era batalhador, e nesses sete anos acumulara rápida fortuna. Depois desse tempo, já tinha uma sólida reputação entre seus pares.

— É algo de que me envergonho, mas na época de nosso casamento eu menti para Oyamada. Não comentei a respeito de Ichiro Hirata.

Shizuko me contou, acanhada e tristonha, os detalhes em voz baixa e com os olhos de longos cílios repletos de lágrimas.

— Meu marido ouvira o nome do rapaz em algum lugar e parecia ter certa desconfiança, mas eu acabei mantendo segredo acerca de minha relação com Hirata, insistindo não haver me relacionado com outro homem além dele. E mantenho essa mentira até hoje. Quanto maiores eram as suspeitas dele, mais eu precisava esconder a verdade. É realmente assustador ver onde a infelicidade humana pode se ocultar. Apesar de a mentira de sete anos atrás não ter sido por maldade, não poderia imaginar que seria a semente para um tormento tão tenebroso. Havia apagado de minha mente tudo o que se referia a Hirata. Quando aquela carta chegou, de súbito, eu já me esquecera dele a ponto de me perguntar quem seria, mesmo vendo seu nome como remetente.

Dizendo isso, Shizuko me mostrou várias cartas recebidas de Hirata. Depois, pediu-me que as guardasse, e até hoje as tenho comigo. Por ser necessária para levar a narrativa adiante, decidi inserir a primeira delas aqui:

Para a mulher que usurpou o amor de minha vida.
Shizuko. Eu a encontrei, por fim. Sem você perceber, eu a segui desde o local em que a vi e pude descobrir onde você reside. Também fiquei sabendo que seu sobrenome atual é Oyamada. Certamente você não se esqueceu de mim, Ichiro Hirata, não é? Por mais que me julgue um sujeitinho desprezível, ainda deve se lembrar de mim. Mulher desalmada, você não compreende quanta angústia causaste-me ao me abandonar? Quantas vezes perambulei ao redor de sua residência tarde da noite, corroído pela angústia? Porém, quanto mais eu ardia de paixão, mais você se mostrava indiferente. Você me evitou, me temeu e, por fim, me odiou. Consegue compreender os sentimentos de um homem que é odiado pela amada? Você acha impossível que minha angústia tenha se transformado em pesar; o pesar, em ressentimento; e o ressentimento tenha se apurado até se converter em desejo de vingança? Quando fugiu de mim sem uma palavra de despedida devido a

circunstâncias familiares, passei vários dias sentado no escritório, sem me alimentar. E jurei me vingar. Eu era jovem e não sabia como procurar por seu paradeiro. Seu pai, pressionado pelos inúmeros credores, desapareceu sem dizer a ninguém para onde ia. Eu não sabia quando poderia encontrá-la. Mas, pensei, a vida é longa. Era, para mim, impossível imaginar que não a encontraria pelo que restava dela.

Eu era pobre. Precisava trabalhar para subsistir. Isso impediu que eu perguntasse pelo seu paradeiro por todo canto. Um ano, dois anos... O tempo passou como uma flecha, e eu sempre precisando lutar contra a miséria. Essa exaustão me fez esquecer o ressentimento que nutria por você. Estava concentrado em sobreviver. Mas há cerca de três anos tive um inusitado golpe de sorte. Quando estava no abismo do desespero, tendo fracassado em todas as minhas ocupações, escrevi um romance como forma de distração. Isso me abriu a oportunidade de viver como escritor. Se até hoje você ainda lê romances, talvez conheça o escritor policial Shundei Oe. Ele parou de escrever faz um ano, mas o público provavelmente não esqueceu o nome dele. Esse Shundei Oe sou eu. Você acha que, por eu estar tão absorto em minha imerecida fama de romancista, esqueci meu ressentimento por você? Não, não, pude escrever aqueles romances sangrentos justamente porque havia nutrido uma profunda mágoa em meu coração. Se meus leitores soubessem que aquele ceticismo, aquela obsessão e aquela crueldade nasceram, sem exceção, de meu implacável desejo de vingança, eles decerto estremeceriam com o ar nefasto que os permeia.

Shizuko, a partir do momento que adquiri estabilidade na vida, na medida em que dinheiro e tempo me permitiram, entreguei-me de corpo e alma à sua procura. Obviamente não tenho a esperança vã de recuperar seu amor. Já sou casado. Uma esposa de fachada, com quem me casei apenas para me livrar dos inconvenientes de minha vida. Porém, para mim, uma mulher amada e uma esposa são coisas distintas. Em outras palavras, o fato de ser casado não implica esquecer meu rancor pela minha amada.

Shizuko. Agora eu a encontrei. Estou vibrando de alegria. Chegou o momento de realizar meu desejo de longos anos. Durante muito tempo senti, ao planejar meios de me vingar de você, o mesmo prazer de quando elaborava o enredo de um romance. Amadureci uma forma de fazê-la sofrer e assustá-la. Finalmente é chegado o momento de pô-la em prática. Sinta minha alegria!

Você não poderá frustrar meu plano pedindo proteção à polícia ou a qualquer outro. Tenho tudo planejado. Durante o último ano, repórteres e jornalistas têm comentado sobre o meu sumiço. Não fiz isso para me vingar de você; foi uma anulação de mim mesmo, fruto de minha misantropia e paixão por segredos e, apesar de inesperado, mostrou-se útil. Desaparecerei do mundo com ainda maior meticulosidade. E irei avançar em meu projeto de vingança contra você.

Sem dúvida você deve desejar conhecer meu plano. Mas não posso revelar tudo neste momento. Afinal, o terror é mais eficaz quando se aproxima gradualmente. Porém, se você insistir, não sentirei remorso em revelar parte do esquema de vingança.

Por exemplo, posso lhe relatar, com exatidão, cada coisinha que aconteceu ao seu redor, dentro de sua casa, três dias atrás, ou seja, na noite de 31 de janeiro.

Entre 19h e 19h30 você estava sentada à mesinha de seu quarto lendo um livro. Era uma coletânea de contos de Ryuro Hirotsu intitulada Den, o torto, *e você leu apenas o conto que dá nome à antologia. Das 19h30 às 19h40 você pediu à empregada que lhe servisse chá e doces, tendo comido duas* monaka *da doceria Fugetsu e bebido três xícaras de chá. Às 19h40, foi ao banheiro por aproximadamente cinco minutos, retornando em seguida para o quarto. Desse horário até por volta das 21h10, permaneceu pensativa, tricotando. Às 21h10, seu marido retornou. A partir de cerca das 21h20 até pouco depois das 22h, conversou com ele durante o jantar. Nessa ocasião, tomou meia taça de vinho que seu marido lhe ofereceu. A garrafa fora aberta naquela hora e você usou os dedos para pegar um fragmento da rolha que caiu na taça. Terminado o jantar, ordenou à empregada que preparasse as duas camas e, depois de irem ao banheiro, vocês foram se deitar. Nenhum dos dois dormiu até as 23h. Quando você voltou a se acomodar na cama, o relógio de pêndulo atrasado de sua casa anunciou as 23h.*

Você ficou com medo lendo esta descrição tão fiel quanto uma tabela de horários de trem?

Madrugada de 3 de fevereiro
Do Vingador.

— Conhecia Shundei Oe de nome há muito tempo, mas ignorava que fosse o pseudônimo de Ichiro Hirata — explicou Shizuko, inquieta.

Na verdade, também poucos de nós, escritores, sabíamos o verdadeiro nome de Shundei Oe. Eu mesmo não teria conhecido o nome de Hirata não fosse pelo colofão em seus livros ou por ter ouvido de Honda, que me visita com frequência, fofocas sobre ele usando o nome verdadeiro. Sua aversão pelas pessoas era tamanha que raramente aparecia em público.

Havia cerca de três outras cartas ameaçadoras além dessa, todas muito semelhantes (os carimbos postais eram de diferentes agências dos correios), mas cada qual contendo, após ameaças vingativas, uma descrição minuciosa, incluindo os horários exatos, das ações de Shizuko em determinada noite. Em particular, seus momentos de intimidade, descrevendo até os mais sutis detalhes com uma vivacidade audaciosa. Até certos gestos e palavras passíveis de acanhamento foram descritos de forma impiedosa.

Era impossível imaginar o quão vergonhoso e sofrido era para Shizuko mostrar essas cartas a outrem, mas devo dizer que ela ter me escolhido como confidente foi um reflexo da falta de melhores opções. Por um lado, isso demonstra o quanto ela temia que Rokuro, o marido, descobrisse o segredo de seu passado, ou seja, o fato de ela não ser virgem antes do casamento, e, por outro lado, era uma prova de sua imensa confiança em mim.

— Não tenho parentes além dos de meu marido e nenhuma amiga íntima o suficiente com quem conversar sobre isso. Então, embora acredite estar cometendo um grande desrespeito, achei que, se lhe contasse em confiança, você me aconselharia sobre o que fazer.

Fiquei feliz e emocionado ao ouvi-la declarar aquilo e ao ver uma mulher tão linda dependendo de mim. O fato de eu ser um escritor policial como Shundei Oe e narrar histórias detetivescas com habilidade foram, sem dúvida, as razões de ela ter me escolhido como confidente. Mesmo assim, se ela não tivesse grande confiança e simpatia por mim, não me pediria conselhos.

Desnecessário dizer que aceitei o pedido de Shizuko e concordei em ajudá-la o quanto pudesse. Para obter informações tão detalhadas a respeito de suas ações, só seria possível pensar que Shundei Oe tivesse subornado algum empregado da família Oyamada; que tivesse entrado ele próprio sorrateiramente na residência e se escondido próximo de Shizuko; ou que estaria pondo em prática semelhante plano nefasto. A julgar pelo estilo de escrita, Shundei é do tipo de homem capaz de perpetrar tais excentricidades. Perguntei a Shizuko se ela desconfiava de algo do gênero, mas estranhamente não vira sinais de nada parecido. Os criados moravam na residência havia longos anos e o marido era bastante rígido quanto à segurança dos portões e muros da casa. Mesmo se alguém se esgueirasse furtivamente, seria quase impossível se aproximar de Shizuko em seu quarto isolado sem ser notado pelos criados.

Entretanto, a bem da verdade, eu menosprezava a capacidade de execução de Shundei Oe. Mais do que isso, eu me perguntava o quanto ele, um mero escritor policial, estaria apto a fazer. No máximo, seria capaz de assustar Shizuko com os textos astutos de suas cartas, mas não conseguiria colocar planos mais sinistros em prática. Eu o subestimei por completo. Era um pouco estranho como ele havia descoberto as ações de Shizuko em detalhes, mas supus que isso também se devia à astúcia e à sagacidade semelhantes às de um mágico, além de tudo ser passível de ser descoberto, sem muita dificuldade, por intermédio de alguém. Então, consolei Shizuko, externando o que eu pensava e, antes de ela partir, por ser também conveniente para mim, lhe assegurei com firmeza que confirmaria a localização de Shundei Oe, e que, na medida do possível, lhe transmitiria minha opinião, fazendo-o parar com aquela travessura tola. Em vez de inquirir detalhes sobre as cartas ameaçadoras de Shundei Oe, concentrei meus esforços em consolar Shizuko com palavras gentis. Claro que isso me alegrava. E, no momento de nos separarmos, sugeri:

— Talvez seja melhor não contar nada disso a seu marido. O caso não é tão grave que mereça sacrificar seu segredo.

Como um tolo, eu desejava prolongar tanto quanto possível o prazer de conversar a sós com ela sobre o segredo que nem mesmo o marido conhecia.

Entretanto, eu pretendia executar o trabalho de descobrir a localização de Shundei Oe. Sempre nutri forte antipatia por ele, que tinha uma propensão a ser o oposto de mim. Sua habilidade em obter comentários de leitores pervertidos com repetitivas declarações insidiosas e repletas de ceticismo me enervava. Portanto, se tudo corresse bem, eu pensava até em fazê-lo se sentir miserável expondo seu delito. Nunca imaginei que procurar pelo paradeiro dele se revelaria algo tão complexo.

CAPÍTULO 3

Como mencionado inclusive em sua carta, Shundei Oe era um escritor policial que surgira repentinamente cerca de quatro anos antes, proveniente de um ramo de negócios distinto. Por haver poucos romances policiais escritos por japoneses na época em que publicou sua primeira obra, os leitores receberam a singularidade dele com muitos aplausos. Se exagerar um pouco, é possível dizer até que ele rapidamente se tornou o queridinho do meio literário. Muito prolífico, lançou novos contos, um após o outro, em vários jornais e revistas. Cada um deles era sangrento, insidioso, nefasto, de leitura horripilante, desagradável e perturbadora, mas foram justamente essas características que atraíram os leitores e mantiveram sua popularidade em alta.

Por volta dessa mesma época, mudei o foco dos meus romances voltados a adolescentes para a ficção policial, e meu nome passou a ser razoavelmente conhecido no mundo de parcos escritores de romances policiais, porém, posso afirmar que o estilo de escrita de Shundei Oe e o meu são diametralmente opostos. O dele é sombrio, mórbido e minucioso, ao passo que o meu é positivo e orientado pelo bom senso. É lógico que se criou uma estranha concorrência entre nós. Chegamos até a criticar as obras um do outro. O que me aborrece é que a maioria das críticas partiu de mim e, embora ocasionalmente Shundei refutasse meus argumentos, em geral se mantinha em um silêncio indiferente. E, uma após outra, continuava a publicar obras assustadoras. Apesar de criticá-las, eu não podia deixar de me impressionar com a estranha atmosfera que permeava seus livros. Ele tinha uma paixão semelhante a um fogo-fátuo inextinguível. Se fosse um profundo e obsessivo rancor por Shizuko, como escrevera em sua carta, eu poderia concordar, até certo ponto, mas os leitores foram capturados pelo encanto inexplicável. Para dizer a verdade, eu não podia deixar de sentir uma indescritível inveja cada vez que sua obra era exaltada. Sentia até uma hostilidade infantil. O desejo de poder derrotá-lo alojava-se de forma incessante em um canto de minha mente. Porém, havia cerca de um ano, ele parara de escrever e desaparecera por completo. Não foi por falta de popularidade nem pela ausência de jornalistas procurando-o por toda parte, mas, por alguma razão, seu paradeiro continuara desconhecido. Embora não gostasse dele, sua ausência me deixou um pouco solitário. Pode soar infantil, mas senti-me insatisfeito por ter perdido um bom adversário. Notícias recentes — e deveras inusitadas — de Shundei Oe me foram trazidas por Shizuko Oyamada. É constrangedor admitir, mas não pude deixar de me alegrar por ter reencontrado meu antigo adversário sob circunstâncias tão insólitas.

No entanto, se pensarmos bem, pode ter sido um desenvolvimento natural Shundei Oe transformar em realidade a ficção que arquitetara em suas histórias detetivescas. A maioria das pessoas sabe disso e, como afirmou uma delas, ele é "alguém que vive no mundo de crimes ficcionais". Nas páginas sanguinolentas de seus manuscritos, ele concretizava uma vida criminosa com tamanho interesse e empolgação quanto um assassino aniquila suas vítimas. Seus leitores deverão se lembrar do ar macabro incomum que entremeia seus romances. Decerto se recordam que suas obras sempre foram repletas de ceticismo, sigilo e crueldade extraordinários. Em um dos romances, ele até deixou escapar a seguinte passagem sinistra:

Não chegará, enfim, o tempo em que ele não se satisfará apenas com meros romances? Enfastiado da mesmice e da banalidade deste mundo, ele se contentou em pelo menos colocar suas fantasias insólitas no papel. Essa foi sua motivação inicial para escrever ficção. Porém, está farto até desses romances. Onde poderá buscar novos estímulos, afinal? Crime, ah, apenas o crime lhe restara. Ele fizera de tudo, mas lhe sobrara apenas o mais doce calafrio do crime.

Ele também era bastante excêntrico na vida cotidiana de escritor. A misantropia e os hábitos secretos eram bem conhecidos de seus colegas escritores e dos jornalistas. Visitas eram raramente permitidas em seu escritório. Ele recusava, sem pesar, visitas de qualquer colega mais experiente. Além disso, mudava de residência com frequência, alegava estar doente praticamente o ano inteiro e nunca aparecia nas reuniões de escritores. Havia boatos de que quase nunca se levantava da cama, na qual fazia as refeições e escrevia. Mesmo durante o dia, mantinha as persianas cerradas e, de propósito, acendia apenas uma lâmpada de oito watts que deixava o interior do quarto à meia-luz, concentrando-se em escrever suas fantasias mórbidas de alto nível.

Quando tomei conhecimento de que ele parara de escrever romances e seu paradeiro se tornara desconhecido, pensei com meus botões se teria começado a pôr em prática suas fantasias, indo morar em alguma viela suspeita e abarrotada de Asakusa, lugar que aparece com frequência em seus romances. Minha dúvida persistia, e, menos de seis meses depois, ele surgiu diante de mim como o realizador de uma de suas fantasias.

Imaginei que a maneira mais rápida para procurar por Shundei seria contatar o departamento literário de um jornal ou um repórter externo de alguma editora de revistas.

No entanto, sua vida cotidiana era tão excêntrica que ele raramente recebia visitas, e mesmo as editoras de revistas já haviam procurado por seu paradeiro. Portanto, eu precisava encontrar um jornalista que tivesse mais intimidade com ele. Felizmente, entre os meus repórteres conhecidos havia a pessoa perfeita. Honda, repórter externo da editora Hakubunkan muito competente em sua área de atuação, era o encarregado de tudo o que se referia a Shundei, tendo inclusive lhe pedido trabalhos em determinada época. Além disso, à linha de sua qualidade de jornalista, tampouco se podia subestimar as capacidades detetivescas dele.

Liguei para Honda, e a primeira coisa sobre a qual perguntei foi a vida de Shundei, da qual pouco conhecia. Então, sorrindo para mim com um rosto bonachão, disse como se falasse de um companheiro de aventuras:

— Shundei? Aquele patife? — E respondeu com prazer às minhas perguntas.

Segundo Honda, Shundei morava em uma casinha alugada no subúrbio, em Ikebukuro, quando começou a escrever romances. Contudo, depois de se tornar famoso e sua renda aumentar, foi aos poucos se mudando para moradias cada vez mais espaçosas (embora na maioria das vezes fossem apartamentos). Honda listou cerca de sete locais para os quais Shundei se mudara em um período de cerca de dois anos, entre eles Kikuicho, em Ushigome; Negishi, Hatsunecho, em Yanaka; e Kanasugi, em Nippori. Shundei enfim se tornara conhecido por volta da época em que se transferira para Negishi e era muito assediado pelos jornalistas de revistas, mas já tinha um comportamento antissocial: mantinha sempre a porta da frente trancada e fazia a esposa e outras pessoas entrarem e saírem pela porta dos fundos. Se alguém o visitava, ele se negava a receber, mandando avisar que não estava. Posteriormente, por carta, se desculpava: "Não gosto de ter contato com pessoas, envie-me uma correspondência caso tenha algum assunto a tratar", o que desencorajava a maioria dos repórteres. Podia-se contar nos dedos os que de fato conversaram com ele pessoalmente. Mesmo os acostumados com as excentricidades dos escritores não sabiam lidar com a falta de sociabilidade de Shundei.

No entanto, na maioria dos casos, era comum Honda negociar e checar o andamento dos trabalhos com a esposa de Shundei, uma mulher bastante inteligente que servia de intermediária. Porém, tal solução também era um incômodo, não apenas por a porta da frente estar trancada com frequência como, por vezes, haver até avisos ríspidos dependurados: RECUSAMOS VISITAS DEVIDO À DOENÇA; EM VIAGEM; e AOS JORNALISTAS, TODAS AS SOLICITAÇÕES DE TRABALHOS DEVEM SER FEITAS POR CARTA, RECUSAMOS VISITAS. Mesmo Honda não se sentia à vontade de bater à porta, voltando para casa de mãos abanando. Por terem esse tipo de atitude, não se preocupavam em enviar uma notificação mesmo quando mudavam de endereço, obrigando os jornalistas a procurá-los por meio de pistas em correspondências ou outras formas.

— Apesar de haver um grande número de jornalistas, eu deveria ser o único que conversava com Shundei e trocava gracejos com a esposa — afirmou Honda, presunçoso.

— Pela foto que vi, Shundei parece ser um homem de boa aparência, mas ele é assim na vida real? — indaguei, cada vez mais curioso.

— Não, a foto não deve ser dele. Ele próprio me contou que ela fora tirada quando era jovem, mas isso é estranho! Shundei não é um homem atraente como na foto! É bem obeso, provavelmente por ser sedentário (passa o tempo todo deitado). Além da obesidade, a pele do rosto é flácida, é tão inexpressivo quanto um chinês, e os olhos são turvos. Para ser sincero, dá a impressão de um corpo afogado! Além disso, é péssimo orador e muito calado. Até me pergunto como um homem daqueles é capaz de escrever livros tão maravilhosos.

Tem um romance de Koji Uno intitulado *O epilético*, não? Pois bem, Shundei é exatamente assim. Passa tanto tempo deitado que chega a criar escaras. Eu o encontrei apenas umas poucas vezes, mas sempre conversou comigo deitado. Pelo jeito, deve ser verdade que faz até as refeições na cama.

"A propósito, é esquisito. Há boatos de que esse homem tão misantropo, sempre prostrado, por vezes perambula disfarçado pelos arredores de Asakusa. E na calada da noite! Parece um ladrão ou um morcego. Deve ser um homem muito tímido, não? Ou seja, não deve querer que as pessoas vejam o corpo e o rosto volumosos e flácidos. Quanto mais famoso, mais vergonha deve sentir daquela corpulência horrorosa. Talvez por isso não tenha amigos nem receba visitas, e, como se em compensação, vague por ruas movimentadas à noite. É o que depreendo pelo temperamento dele e pelo relato da esposa."

Honda foi tão eloquente que solidificou a imagem de Shundei em minha mente. Por fim, ele me relatou um fato deveras estranho.

— A propósito, Samukawa, eu vi Shundei Oe um dia desses, apesar do suposto desaparecimento. Ele estava muito mudado e nem o cumprimentei, mas sem dúvida era ele.

— Onde? — indaguei, de imediato.

— No parque de Asakusa! Na realidade, eu estava voltando para casa pela manhã e talvez não estivesse completamente sóbrio. — Honda sorriu coçando a cabeça. — Conhece o Rairaiken, o restaurante chinês? Foi em uma esquina próxima, pela manhã, ainda com pouca gente transitando. Vi esse homem gordo de pé com um chapéu pontudo vermelho, vestido como um palhaço, distribuindo folhetos publicitários. Parece um sonho, mas era Shundei Oe! Levei um susto, estaquei e, enquanto hesitava se deveria cumprimentá-lo ou não, ele deve ter me notado. No entanto, com um rosto inexpressivo e sem energia, virou-se para trás e, a passos céleres, entrou na viela oposta. Pensei em sair correndo atrás dele, mas mudei de ideia, achando estranho cumprimentá-lo tendo o homem se comportado daquela forma, e acabei indo embora.

À medida que ouvia a respeito da vida bizarra de Shundei Oe, fui assaltado por uma sensação desagradável semelhante a um pesadelo. E, quando soube que ele estava no parque de Asakusa de chapéu pontudo e fantasiado de palhaço, fiquei assustado e senti um arrepio percorrer todo o corpo.

Desconhecia qual relação poderia haver entre a aparência de palhaço e as cartas ameaçadoras para Shizuko (Honda se deparara com Shundei em Asakusa na mesma época que a primeira delas chegara), mas senti que, fosse o que fosse, era um fato que não poderia negligenciar.

Não me esqueci de aproveitar aquele momento para escolher, na medida do possível, apenas um trecho incompreensível da carta ameaçadora, a que Shizuko me confiara e mostrá-lo a Honda para que verificasse se era a caligrafia de Shundei. Ele não apenas confirmou não haver dúvidas de que era a letra do escritor, como afirmou que, pelos adjetivos e pelas preferências ortográficas, o trecho só poderia ter sido escrito por ele.

— É difícil imitar aquele estilo pegajoso! — afirmou Honda, que o conhecia bem, pois já havia escrito um romance tentando imitar o estilo Shundeiano.

Concordava com ele. Após ter lido todas as cartas, sentira exalar delas a essência de Shundei ainda mais do que Honda. Então lhe perguntei se não poderia, de alguma forma, descobrir onde Shundei estava, oferecendo-lhe um motivo disparatado.

— Claro, deixe comigo — prometeu ele.

Mas isso não bastou para me tranquilizar e decidi ir até o número 32 de Sakuragicho, em Ueno — o último local onde Shundei morara, segundo Honda —, para investigar os arredores.

CAPÍTULO 4

No dia seguinte, deixei de lado a redação de um manuscrito, fui até Sakuragicho e, percorrendo o local, perguntei às empregadas e comerciantes da vizinhança várias coisas sobre a família de Shundei, porém, salvo confirmar a veracidade do que Honda me dissera, nada pude descobrir sobre o paradeiro subsequente de Shundei. Naquela área, havia muitas residências de classe média com portões pequenos, de modo que mesmo os vizinhos — ao contrário daqueles que moram em vielas e mantinham conversas constantes — sabiam apenas que a família se mudara sem comunicar a ninguém seu paradeiro. Era claro que nenhum deles sabia que Shundei era um romancista famoso, uma vez que seu pseudônimo não constava na placa da entrada da casa. Por desconhecerem até mesmo qual transportadora viera fazer a mudança dos pertences, voltei para casa de mãos abanando.

Sem alternativa, ligava todos os dias para Honda, nos intervalos da escrita de um manuscrito urgente, para perguntar em que pé estavam as buscas. No entanto, após cinco ou seis dias, não havia qualquer pista. Enquanto fazíamos isso, Shundei prosseguia sistematicamente com seu plano obsessivo.

Certo dia, recebi em minha pensão o telefonema de Shizuko Oyamada me pedindo para ir vê-la porque algo preocupante acontecera. Informou-me que o marido estava fora e que mandaria os empregados menos confiáveis fazerem um serviço em um local distante para me deixar mais confortável. Ela evitara usar o telefone de casa, parecendo ter ligado de propósito de um telefone público, e como ela hesitara bastante apenas para me informar tudo isso, os três minutos de duração da ligação se passaram e ela foi finalizada.

Essa forma sorrateira de me chamar na ausência do marido e dos empregados me fez sentir certo desconforto. Não por isso, claro, mas aceitei ir visitá-la em sua casa em Yamanoshuku, Asakusa. Localizada no fundo de uma área entre moradias de comerciantes, a residência dos Oyamada era antiga e se assemelhava um pouco aos dormitórios de outrora. Embora não fosse possível discernir olhando de frente, o rio Okawa devia fluir por trás da casa. Porém, incondizente com a aparência de dormitório, havia um muro de concreto rústico e de construção aparentemente recente circundando a residência (na parte superior haviam sido colocados cacos de vidro como proteção contra ladrões), além de um prédio de dois andares em estilo ocidental nos fundos do prédio principal. Esses dois elementos atribuíam à habitação um ar de onipotência não sofisticada, destoando da arquitetura japonesa de outrora.

Apresentei meu cartão de visita e fui conduzido por uma jovem criada com ar interiorano à sala de estar do prédio em estilo ocidental, onde Shizuko me esperava com um semblante apreensivo. Ela se desculpou inúmeras vezes pela indelicadeza em me chamar e, ao me entregar uma carta, sussurrou:

— Primeiramente, dê uma olhada nisto.

Olhando para trás como se temesse algo, ela se aproximou. Era uma carta de Shundei Oe, mas, como o teor diferia ligeiramente das anteriores, transcrevo abaixo o texto integral.

Shizuko. Como seu sofrimento é visível. Percebo seu empenho em descobrir meu paradeiro às escondidas de seu marido. No entanto, eu a aconselho a desistir, pois é inútil. Mesmo se você tivesse coragem para lhe revelar minhas ameaças, e isso acarretasse incomodar a polícia, eles nunca saberiam onde estou. Você deve notar o homem bem preparado que sou vendo minhas obras publicadas.

Bem, é hora de encerrar as preliminares. Parece que chegamos ao momento de passarmos para a segunda etapa do projeto de vingança. Permita-me pelo menos lhe fornecer algumas informações prévias a respeito dele. Como eu sabia o que você fazia todas as noites com tamanha minúcia? Você já deve ter adivinhado. Em outras palavras, desde que a descobri tenho seguido seus passos como uma sombra. Você não pode me ver, mas eu a espio a todo momento, tanto em casa quanto fora. Transformei-me em sua sombra. Na realidade, agora, enquanto você treme ao ler esta carta, eu, sua sombra, talvez a observe de algum canto, atentamente, de olhos semicerrados.

Como você sabe, à medida que observava suas ações todas as noites, naturalmente fiquei exposto à intimidade conjugal entre você e seu marido. Claro que não pude deixar de sentir intenso ciúme. Eu não considerara isso ao planejar minha vingança, mas em nada a atrapalhou. Ao contrário, esse ciúme serviu de combustível para inflamar minha ânsia por vingança. E me dei conta de que acrescentar uma pequena mudança nos meus planos será ainda mais eficaz para atingir meus objetivos. Não é surpresa alguma. Meu plano original era atormentá-la, apavorá-la e ir destruindo sua vida aos poucos, mas vendo nos últimos tempos essa exibição de amor conjugal entre vocês, comecei a considerar mais eficaz, antes mesmo de matar você, tirar a vida de seu amado marido na sua frente, para que você possa sentir plenamente essa tristeza antes de chegar sua vez. Tramei tudo muito bem. Mas sem afobação. Eu nunca me apresso. Em primeiro lugar, seria lastimoso que eu executasse o próximo passo sem que você sofresse bastante após ler esta carta.

Madrugada de 16 de março
Do Demônio Vingador

Não pude deixar de me horrorizar ao ler essas palavras extremamente atrozes. Senti multiplicar dentro de mim o ódio por esse monstruoso Shundei Oe. Porém, ficasse eu com medo, quem consolaria Shizuko, que ficara lamentavelmente abatida? Não me restara escolha a não ser fingir despreocupação e tentar convencê-la de que aquela carta ameaçadora não passava dos devaneios de um escritor.

— Por favor, fale mais baixo.

Shizuko não demonstrava dar ouvidos à minha sincera argumentação e, parecendo preocupada com algo do lado de fora, às vezes fixava o olhar em um local e agia como se apurasse o ouvido. Então baixou a voz como se alguém pudesse estar à escuta. A cor de seus lábios se esvanecera tanto que era impossível distingui-los da pele pálida do rosto.

— Devo estar enlouquecendo. Mas seria verdade?

Shizuko murmurava coisas incompreensíveis em um tom de voz que me fazia suspeitar de que tivesse perdido o juízo.

— O que houve? — Influenciado por ela, também estava sussurrando.

— Hirata está nesta casa.

— Onde?

Fiquei confuso, sem entender o sentido de suas palavras. Então, Shizuko se levantou em um ímpeto e, com o rosto lívido, acenou para mim. Vendo o gesto, eu a segui com o coração agitado. No meio do caminho, ela percebeu meu relógio de pulso e, por algum motivo, me fez tirá-lo e colocá-lo sobre a mesa antes de prosseguir. Atravessamos um curto corredor a passos furtivos e entramos no quarto dela na parte da residência em estilo japonês, mas, ao abrir a porta de correr, ela logo demonstrou sentir medo, como se houvesse alguém suspeito escondido no lado oposto.

— Que estranho. Não seria algum equívoco achar que aquele homem entraria em sua casa sorrateiramente durante o dia?

Quando comecei a falar, ela me interrompeu com um gesto, levou-me até um canto do quarto e, dirigindo o olhar para o teto logo acima, fez um sinal para que eu ouvisse calado.

Ficamos parados lá por uns dez minutos, entreolhando-nos e aguçando os ouvidos. Por ser de dia e o quarto estar isolado na espaçosa residência, não se ouvia coisa alguma, e de tão silencioso, podia-se escutar até o batimento cardíaco no fundo dos ouvidos.

— Você consegue ouvir o tique-taque do relógio? — perguntou, após um breve intervalo, em um sussurro quase inaudível.

— Não, onde está?

Então, Shizuko voltou a se calar e por um tempo apurou os ouvidos, mas, por fim, como se estivesse aliviada, anunciou:

— Não se pode mais ouvir, não é?

Depois me convidou a retornar à sala anterior no prédio em estilo ocidental, onde começou a contar, em meio a uma respiração entrecortada, as coisas funestas a seguir.

Ela estava na sala de estar costurando um pouco quando a empregada lhe trouxera a carta de Shundei que me mostrara pouco antes. Naquele momento, bastara uma olhada na chancela para logo entender de quem seria. Portanto, ela tomara a carta com uma indizível sensação desagradável, mas, como ficaria ainda mais inquieta se não a abrisse, ela o fez, temerosa. E ao descobrir que o assunto envolvia até seu marido, não conseguira ficar inerte. Ela se levantara e, sem motivo, caminhara até um canto da sala. Quando havia chegado justo em frente à cômoda, tivera a impressão de ouvir, acima de sua cabeça, um tênue ruído semelhante ao do som produzido por larvas.

— Imaginei que fosse um zumbido no ouvido, mas escutando com paciência, era sem dúvida diferente, como um som de metais se roçando.

Alguém estava à espreita no sótão. O relógio de bolso no peito da pessoa marcava os segundos. Só poderia ser isso. Era provável que Shizuko tivesse estado em pé, com os ouvidos próximos ao teto; e o quarto, tão silencioso que, com os nervos aguçados, ela deve ter conseguido ouvir os tênues sussurros metálicos no forro. Procurara por todos os cantos acreditando que o som proveniente do sótão pudesse ser o de um relógio colocado em outro lugar, como quando a luz é refletida, mas não havia nenhum por perto.

De repente, ela se lembrara de um trecho da carta: "Na realidade, agora, enquanto você treme ao ler esta carta, eu, sua sombra, talvez a observe de algum canto, atentamente, de olhos semicerrados". Naquele momento, a atenção dela fora atraída para uma fresta onde havia uma deformação na tábua do teto. Ela até havia tido a sensação de ver os olhos de Shundei no fundo dessa fresta, emitindo um brilho fraco na escuridão.

— É você que está aí, Hirata?

Shizuko fora assaltada por uma súbita exaltação. Ela tomara coragem e, com a sensação de estar colocando a vida em jogo, se dirigira à pessoa no sótão enquanto as lágrimas escorriam pelo rosto:

— Não me preocupo com o que pode vir a acontecer comigo. Farei tudo o que você desejar. Pode me matar, não importa. Mas apenas poupe meu marido. Eu menti para ele. Se, ainda por cima, ele morresse por minha causa, eu não me perdoaria. Por favor, me ajude. Por favor, me ajude.

Apesar da voz baixa, ela se expressara com sinceridade. No entanto, nenhuma resposta viera de cima. A agitação temporária se amainou e, sentindo-se letárgica, permaneceu lá durante um bom tempo, estática. Entretanto, o débil som do relógio continuava ecoando no sótão, e nenhum outro ruído era ouvido do lado de fora. Na escuridão, a besta nas sombras se mantinha calada, prendendo a respiração. Esse estranho silêncio deixara Shizuko apavorada. Não suportando ficar dentro de casa, ela saíra de súbito da sala de estar para a rua em frente. E, quando de repente se lembrou de mim, não resistira à vontade de entrar na cabine de telefone público.

Ouvindo Shizuko falar, não pude deixar de me lembrar de um livro sinistro de Shundei Oe intitulado *Jogos no sótão*. Se o som de relógio que ela ouvira não fosse uma ilusão, na hipótese de Shundei estar escondido lá, ele teria colocado em prática a ideia contida naquela obra, algo que devo concordar ser bem característico. Por ter lido *Jogos no sótão*, não apenas me vi incapaz de rir dessa história aparentemente bizarra de Shizuko, como não pude deixar de sentir um intenso pavor. Vivenciei até mesmo a ilusão do obeso Shundei Oe abrindo um sorriso sinistro na escuridão do sótão, com um chapéu pontiagudo vermelho e fantasiado de palhaço.

CAPÍTULO 5

Após uma longa conversa, decidi, assim como o detetive amador em *Jogos no sótão*, subir até o cômodo acima da sala de estar para averiguar se havia sinais de que uma pessoa estivera lá e, em caso positivo, de que forma tal indivíduo teria entrado e saído. Shizuko tentou me demover da ideia argumentando, repetidas vezes:

— Mas que coisa nefasta de se fazer.

Contudo, eu a ignorei, e, conforme aprendera no livro de Shundei, retirei algumas tábuas do teto do armário e me arrastei para dentro do buraco como se fosse um eletricista. Felizmente, a jovem criada de antes, a única na casa, estava ocupada na cozinha. Logo, não precisei me preocupar com possíveis questionamentos.

O sótão estava longe de ser algo belo como na coletânea de Shundei. Era uma casa antiga e, para a limpeza de fuligem de fim de ano, chamaram um lavador que removeu e limpou todas as tábuas do teto. Embora não estivessem muito sujas, ainda havia poeira e teias de aranha acumuladas desse período de três meses. Sobretudo, era tão escuro que mal dava para ver qualquer coisa, então tomei emprestada uma lanterna portátil da casa de Shizuko e, com dificuldade, segui pelas vigas até me aproximar do local em questão. Havia uma fresta na tábua do teto, provável que devido a uma deformação causada pela lavagem, de modo que a luz tênue vindo de baixo marcava o local. No entanto, bastou avançar mais um pouco para encontrar algo que me deixou chocado. Apesar de ter subido dessa forma ao sótão, duvidava de que pudesse haver algo lá, mas a suposição de Shizuko não estava de todo errada. Tanto nas vigas quanto nas tábuas do teto, encontrei sinais de que alguém devia ter passado por ali recentemente. Senti um calafrio. Fui tomado por um arrepio indescritível ao imaginar que Shundei Oe, aquela aranha venenosa que eu conhecia apenas dos romances, mas com a qual nunca havia me deparado, teria rastejado pelo sótão, assim como eu. Com o corpo enrijecido, segui o rastro das marcas de mãos e pés deixadas sobre a poeira das vigas. O local onde o som do relógio fora ouvido estava com a poeira revolvida, sinal de que alguém estivera lá durante um bom tempo.

Concentrei-me em iniciar a busca por vestígios que me fizessem reconhecer Shundei. Ele parecia ter percorrido quase todo o sótão da casa, pois, aonde eu fosse, deparava-me com marcas de poeira sobre as vigas. Nas tábuas vazias no teto da sala de estar e do quarto de Shizuko, a poeira se mostrava ainda mais dispersa.

Imitando o personagem de *Jogos no sótão*, espiei do alto a sala, e não era de se admirar o fascínio que Shundei sentira. A maravilhosa visão do "mundo abaixo" observada pela fresta das tábuas do teto ia além da imaginação. Em particular, ao vislumbrar Shizuko cabisbaixa bem sob meus olhos, admirei-me como as pessoas podem parecer diferentes dependendo do ângulo da qual as vemos. Por sermos vistos sempre de lado, mesmo uma pessoa consciente de sua aparência jamais pensa em como poderá ser vista de cima. É provável que isso nos deixe muito vulneráveis. O simples fato de tal possibilidade existir expõe as pessoas em sua forma deselegante, sem qualquer tipo de adornos. O lustroso coque redondo de Shizuko parecia estranho visto de cima, além de haver uma fina poeira acumulada na concavidade formada com a franja, incomparavelmente mais suja do que as outras partes. Na nuca, acompanhando o coque, o vale formado pela gola do quimono e as costas, visto do alto, permitia divisar até a concavidade da espinha dorsal; sobre a pele viscosa e pálida, o tal vergão repulsivo continuava dolorosamente até um local ao fundo, escuro demais para se enxergar. Vista de cima, Shizuko parecia ter perdido um pouco do refinamento, mas, no lugar, senti chegar até mim, com mais intensidade, uma enigmática obscenidade.

De qualquer forma, para verificar se não restara alguma evidência de Shundei Oe, aproximei a luz da lanterna e procurei ao redor nas vigas e tábuas do teto, mas as marcas de mãos e pegadas não eram muito claras e não pude identificar impressões digitais. Poderia-se presumir que ele havia feito tal qual descrito em *Jogos no sótão* e providenciara meias e luvas. Apenas em um local na base de um suporte de madeira que pendia da viga ao teto, bem acima da sala de estar de Shizuko, estava oculto um pequeno objeto redondo de cor cinza. Era de metal fosco e no formato de uma tigela oca, semelhante a um botão, e em sua superfície foram gravadas em relevo as letras R. K. Bros. Co. Ao recolhê-lo, lembrei-me de pronto do botão de camisa que aparece em *Jogos no sótão*, mas o objeto era um pouco estranho para ser um botão. Podia ser um adorno de chapéu, ou algo assim, mas eu não tinha certeza. Mesmo mostrando-o posteriormente a Shizuko, ela apenas inclinou a cabeça, em dúvida.

Claro que fiz uma investigação minuciosa do lugar por onde Shundei teria entrado no sótão. Segui o rastro da nuvem de poeira que pairava acima do depósito ao lado da porta de entrada. Ergui as tábuas toscas sem dificuldade. Desci apoiando o pé sobre uma cadeira quebrada jogada lá e tentei abrir a porta do depósito pelo lado de dentro, o que foi facilitado pelo fato de não estar trancada. Logo do lado de fora havia um muro de concreto de altura um pouco superior à de uma pessoa. Era possível que Shundei Oe tivesse aguardado um momento em que a rua ficara deserta para pular esse muro (como mencionei, havia cacos de vidro colocados no topo, mas isso não representaria problema para um invasor preparado) e deve ter adentrado de fininho no sótão por esse depósito destrancado. Ao compreender bem isso, decepcionei-me um pouco. Desejava desprezar Shundei pelo que eu considerava uma brincadeira infantil própria de um delinquente juvenil. O medo incomum e indescritível desapareceu, restando em seu lugar apenas uma sensação real de desconforto (porém, vim a perceber mais tarde que fora um erro idiota menosprezá-lo de tal forma). Muito assustada e preocupada com o marido, Shizuko perguntou se não seria melhor envolver a polícia, mesmo que tivesse que sacrificar seu segredo, mas eu a contive, pois começara a vilipendiar Shundei e acreditava que mesmo tendo conseguido adentrar no sótão ele não cometeria um assassinato se utilizando de um artifício tolo como jogar veneno do teto, como constava em *Jogos no sótão*. Essa maneira de assustar as pessoas era uma infantilidade bem típica dele, e não seria essa sua forma de fazer crer que planejava perpetrar algum tipo de crime? Ele não passava de um escritor e não teria poder para executar algo além disso. Eu a consolei. E como ela estava muito assustada, para acalmá-la, prometi que pediria a um amigo que aprecia essas coisas para ficar de vigília toda noite do lado de fora do muro ao redor do depósito. De modo oportuno, Shizuko tinha um quarto de hóspedes no andar de cima do prédio em estilo ocidental e decidiu inventar uma desculpa para mudar o quarto do casal para lá por um tempo. Sendo um prédio em estilo ocidental, era impossível espiar por entre as frestas do teto. Essas duas medidas protetivas foram postas em prática a partir do dia seguinte, mas as garras assustadoras de Shundei Oe, a besta nas sombras, ignorou tais ações paliativas e, dois dias depois, na madrugada de 19 de março, seguindo estritamente o que anunciara, abateu sua primeira vítima.

Ele ceifou a vida de Rokuro Oyamada.

CAPÍTULO 6

No aviso em sua carta de que mataria Rokuro, Shundei acrescentara: "Mas sem afobação. Eu nunca me apresso". Apesar disso, por que teria se precipitado tanto e decidido praticar o crime apenas dois dias depois? Decerto, fora um estratagema para, por meio da carta, fazer Shizuko baixar a guarda e pegá-la desprevenida, mas desconfiei de que pudesse haver outro motivo. Receei isso quando soube que Shizuko, tendo ouvido o som do relógio e acreditando que Shundei estava escondido no sótão, implorou aos prantos pela vida de Rokuro: Shundei, ao tomar conhecimento do sentimento puro dela, deve ter sido inundado por um ciúme ainda mais violento e, ao mesmo tempo, se vira em perigo. "Bem, se você ama seu marido a tal ponto, não vou esperar muito e acabarei com ele sem mais delongas", deve ter raciocinado. Fosse como fosse, a estranha morte de Rokuro Oyamada foi descoberta por vias muitíssimo incomuns.

Naquela noite, ao ouvir de Shizuko o que acontecera, corri à casa dos Oyamada, onde, pela primeira vez, tomei conhecimento de todas as circunstâncias. Nada especial acontecera com Rokuro na véspera, tendo voltado do trabalho pouco antes do horário habitual e, após terminar de tomar seu drinque noturno, anunciou que iria à casa de seu amigo em Koume, do outro lado do rio, jogar Go. Estava um tempo ameno, e ele saiu vestindo apenas uma jaqueta Shioze sobre um quimono de linho Oshima, sem sobretudo. Isso fora por volta das sete da noite. Por não ser muito longe, ele fizera o desvio de sempre pela ponte Azuma, caminhando pelo aterro de Mukojima. Também tinham certeza de que ele ficara até meia-noite na casa do amigo em Koume, de onde saiu a pé. No entanto, o que aconteceu a partir daí é uma completa incógnita. Como passara a noite ansiosa esperando seu retorno, e por isso ter acontecido justo quando havia recebido o assustador aviso de Shundei Oe, Shizuko estava tão angustiada que mal esperara amanhecer antes de telefonar ou mandar um mensageiro para locais a que ele pudesse ter ido, porém não havia sinais de sua andança. Claro que ela também havia telefonado para mim, mas eu me ausentara da pensão desde a noite anterior e, tendo regressado somente à noite, ignorava por completo esse alvoroço. Rokuro não aparecera na empresa no horário de sempre. Os funcionários também se empenharam na busca sem, contudo, localizar seu paradeiro. Enquanto faziam isso, já era quase meio-dia. Por volta desse horário, Shizuko recebeu um telefonema da polícia de Kisakata a informando da estranha morte do marido.

Um pouco ao norte da parada de trem Kaminarimon, bem na descida do aterro no lado oeste da ponte Azuma, há o embarcadouro do barco a vapor ligando essa ponte à grande ponte Senju. Desde a época dos primeiros modelos, é uma atração do rio Sumida, e eu mesmo já pegara esses barcos a motor para, sem qualquer motivo em particular, ir e voltar de Kototoi ou Shirahige. Vendedores de livros ilustrados, brinquedos e outros artigos embarcam explicando sobre os produtos com suas vozes roucas, semelhantes às dos narradores de filmes mudos, acompanhadas pelo ranger das hélices. Aquela atmosfera rústica e antiquada é irresistível. Esse embarcadouro é como uma balsa quadrada flutuando sobre as águas do rio Sumida, e tanto os bancos de espera quanto os banheiros para os passageiros foram todos instalados sobre ela, que se move com a água. Tive a oportunidade de utilizar o banheiro e sei que é apenas uma caixa com chão de madeira, dotada de um espaço retangular com a água fluindo cerca de trinta centímetros abaixo. Assim como nos banheiros de trens ou navios, não há acúmulo de sujeira e, apesar de limpo, quando se olha para baixo pelo buraco retangular, vê-se uma água azul-escura estagnada e insondável, na qual é possível deparar-se com dejetos que surgem em uma extremidade do buraco, como microrganismos em um microscópio, para desaparecerem lentamente na extremidade oposta, provocando um estranho desconforto.

No dia 20 de março, por volta das oito da manhã, a jovem proprietária de uma barraca na rua comercial Nakamise, em Asakusa, fora ao embarcadouro da ponte Azuma com assuntos para resolver em Senju. Enquanto aguardava o barco, entrara no banheiro. Na mesma hora, pulara para fora soltando um súbito e pungente grito de horror. Ao ser indagada sobre o que acontecera pelo velho bilheteiro, ela informara que, da água azul logo abaixo do buraco retangular da latrina, um homem olhava para ela. De início, o velho imaginara que fosse uma travessura do barqueiro ou algo assim (esse tipo de incidente de alguém espionando pessoas no banheiro acontecia vez ou outra), mas, quando entrou no local para inspecioná-lo, de fato, a cerca de uns trinta centímetros abaixo do buraco, o rosto de uma pessoa flutuava, metade dele se escondendo para logo reaparecer com o fluir da água. O senhor comentou mais tarde que era apavorante, tal qual um brinquedo movido a mola.

Quando percebera que era o cadáver de uma pessoa, o velho entrara em pânico e chamara os jovens que estavam no embarcadouro aos berros. Havia entre os clientes à espera do barco um peixeiro arrojado que juntara forças com os rapazes para levantar o cadáver, mas como era impossível fazê-lo de dentro do banheiro, usaram uma vara para, pelo lado de fora, empurrá-lo para cima. Fora então que constataram que o corpo estava estranhamente nu, exceto por uma ceroula. Era difícil acreditar que um homem de aparência tão respeitável, por volta de seus quarenta anos, estivesse nadando, alegre, no rio Sumida, porém, olhando bem, parecia haver um ferimento de perfuração nas costas, e o corpo continha pouca água para um homem afogado. A comoção aumentou quando se percebeu não ser um afogamento, mas um assassinato. E, no momento de tirá-lo da água, houve outra descoberta inusitada.

Seguindo a instrução do policial da delegacia de Hanakawado, que chegara às pressas ao ser informado do caso, um jovem do embarcadouro tentara puxar o cadáver agarrando o cabelo desgrenhado, que acabou por se desprender com facilidade do couro cabeludo. De tão horrorizado, o rapaz o largara com um berro, mas, achando estranho que o cabelo se soltasse com tamanho desimpedimento apesar de o corpo não ter ficado na água por muito tempo, resolvera inspecionar com mais atenção e descobrira que o que imaginara ser cabelo era uma peruca, e que o homem era dono de uma lustrosa careca.

Fora assim a trágica morte de Rokuro Oyamada, marido de Shizuko e executivo da empresa comercial Rokuroku. Em outras palavras, seu cadáver fora atirado da ponte Azuma, nu e com uma espessa peruca lhe cobrindo a calvície. Além disso, apesar de o corpo ter sido encontrado boiando, inexistiam sinais de ingestão de água e o ferimento fatal fora desferido com uma afiada arma branca nas costas, na área do pulmão esquerdo. Além da lesão mortífera, havia outras feridas superficiais em vários pontos das costas, não deixando dúvidas de que o criminoso o esfaqueara diversas vezes. O laudo do exame executado pelo médico da polícia revelou que o horário da morte teria sido por volta de uma hora da madrugada, mas, por não haver roupas ou pertences no corpo, mesmo a polícia se via incapacitada de identificar o morto. Felizmente, por volta do meio-dia apareceu alguém que reconheceu o cadáver como sendo Oyamada e ligou de imediato para a residência dele e para a Rokuroku.

À noite, quando visitei a casa dos Oyamada, o recinto estava lotado de parentes de Rokuro, funcionários da empresa e amigos do falecido. Shizuko acabara de retornar da delegacia e, atordoada, estava cercada por esses visitantes. O corpo de Rokuro ainda não fora liberado pela polícia devido à necessidade de submetê-lo a uma autópsia por conta das circunstâncias, e no suporte coberto por um tecido branco em frente ao altar budista havia apenas uma tabuleta mortuária com o nome do falecido preparada às pressas, ao lado de oferendas de flores e incenso queimando.

Foi lá que ouvi de Shizuko e do pessoal da empresa as circunstâncias envolvendo a descoberta do cadáver, mas eu não suportava a vergonha e o arrependimento ao pensar que causara tamanho incidente por ter menosprezado Shundei e ter impedido que Shizuko notificasse o caso à polícia. A meu ver, o criminoso só podia ter sido ele. Quando Rokuro deixou a casa do parceiro de Go em Koume, atravessando a ponte Azuma de volta para casa, Shundei decerto o levara para um canto escuro do embarcadouro, onde cometera o crime, atirando o cadáver no rio. Analisando os horários, a declaração de Honda de que Shundei vagava pelos arredores de Asakusa e as ameaças de assassinato, não restava espaço para dúvidas de que o criminoso era Shundei. Porém, ainda assim, por que Rokuro estava nu e usando uma estranha peruca? Se isso também foi obra de Shundei, o que o teria levado a fazer algo tão fora do comum? Era deveras estranho.

Na primeira oportunidade, pedi a Shizuko para irmos à outra sala para conversarmos a respeito do segredo que compartilhávamos. Como se esperasse por isso, ela se escusou às pessoas presentes com um aceno de cabeça e me seguiu às pressas. Quando estávamos fora de vista, ela disse meu nome em voz baixa e de repente se agarrou a mim, olhando fixo para meu peito até que seus longos cílios brilharam. Logo depois vi o espaço entre as pálpebras se intumescer e acabar se transformando em grandes gotas d'água que fluíam suavemente pelas maçãs do rosto pálidas. As lágrimas se sucederam e se avolumaram, incessantes.

— Não sei o que dizer para que você me perdoe. Tudo isso aconteceu por um descuido meu. Realmente não esperava que ele fosse partir para algo assim. A culpa é minha. Minha...

Emocionado, peguei a mão de Shizuko, que estava debulhada em lágrimas, e a apertei como se assim pudesse encorajá-la, pedindo perdão inúmeras vezes. (Era a primeira vez que a tocava. Apesar das circunstâncias, eu tinha plena consciência e me lembraria para sempre da estranha sensação de seus dedos, que, embora pálidos e frágeis, eram quentes e flexíveis, como se incandescentes por dentro.)

— Então você contou à polícia acerca das cartas ameaçadoras? — perguntei após esperar Shizuko parar de chorar.

— Não, eu não sabia o que fazer.

— Ainda não contou, então?

— Queria consultar você antes.

Olhando em retrospecto, por mais estranho que fosse, naquele momento eu continuava a segurar a mão de Shizuko. Deixando que eu o fizesse, ela estava de pé agarrada a mim.

— Você também acha que foi obra daquele homem.

— Sim, e algo estranho aconteceu ontem à noite.

— Algo estranho?

— Seguindo seu aviso, transferi meu quarto para o andar de cima do prédio em estilo ocidental. Assim, fiquei aliviada por não precisar mais me preocupar com alguém me espionando, mas aquela pessoa parecia continuar a fazê-lo.

— De onde?

— De fora, pelo vidro da janela.

E, como se lembrando do pavor que sentira então, Shizuko arregalou os olhos e relatou, devagar:

— Ontem fui me deitar por volta de meia-noite, mas estava tão preocupada com a demora de meu marido que fiquei com medo de dormir sozinha naquele quarto em estilo ocidental com pé-direito tão alto, então comecei a observar todos os cantos do aposento. Apenas uma das persianas da janela não estava fechada por completo e, por uma fenda de trinta centímetros, dava para vislumbrar a escuridão no lado de fora. Apesar de muito assustada, meu olhar foi atraído para aquela direção e, por fim, pude distinguir vagamente o rosto de uma pessoa além da vidraça.

— Não teria sido sua imaginação?

— Foi por um breve momento, logo desapareceu, mas mesmo agora não acredito que tenha sido uma ilusão de ótica. Ainda posso ver os fios do cabelo desgrenhado grudados à vidraça, a cabeça um pouco abaixada e os olhos voltados para cima, encarando-me.

— Era Hirata?

— Bem, quem mais faria algo parecido do lado de fora?

Depois de entabularmos essa conversa, decidimos de comum acordo notificar à polícia que o assassino de Rokuro fora sem sombra de dúvidas Ichiro Hirata, ou seja, Shundei Oe, e pedir a proteção dela, uma vez que ele planejava matar Shizuko em seguida.

O promotor encarregado do caso foi o bacharel em direito Itozaki, que, por coincidência, era membro do Clube de Caçadores de Mistérios, formado por escritores de romances policiais, médicos e juristas. Portanto, ao me apresentar acompanhado de Shizuko à delegacia de polícia de Kisakata, onde se situava o quartel de investigações, ele nos recepcionou e ouviu nossa história sem a relação fria usual entre um promotor e a família da vítima, tratando-nos como amigos. Pareceu também bastante surpreso e curioso com esse caso bizarro, mas, de qualquer forma, comprometeu-se a garantir total proteção a Shizuko e não poupar esforços para descobrir o paradeiro de Shundei Oe, em particular colocando detetives de vigília na casa da família Oyamada e intensificando as patrulhas policiais nos arredores. Quando alertei para o fato de que as fotos que circulavam na mídia diferiam muito da fisionomia de Shundei Oe, ele chamou Honda e lhe pediu detalhes de como era a aparência do autor que ele conhecia.

CAPÍTULO 7

Desde então, durante cerca de um mês, a polícia se empenhou na busca de Shundei Oe e, de minha parte, pedi a Honda e a outros jornalistas conhecidos que me informassem fatos capazes de servir de pista acerca do paradeiro dele. No entanto, apesar de meus esforços, não se sabe por qual truque de mágica, Shundei se esvanecera por completo. Tudo bem se estivesse sozinho, mas onde e como poderia ter se escondido levando a esposa, que se revelaria um fardo nesse caso? Será que, como o promotor Itozaki imaginara, ele planejara fugir clandestinamente para algum lugar distante no exterior?

Ainda assim causava estranheza que as tais cartas ameaçadoras tivessem deixado de chegar desde a bizarra morte de Rokuro. Teria Shundei se atemorizado com as buscas policiais e desistido de matar Shizuko, o intento principal, e concentrado suas forças em se esconder? Não, não, um homem como ele deveria prever isso. Sendo assim, não estaria se ocultando em algum lugar em Tóquio, esperando com toda a calma por uma oportunidade para acabar com a vida dela?

O delegado de polícia de Kisakata ordenou a um de seus detetives que investigasse os arredores do número 32 de Sakuragicho, em Ueno, conforme eu havia tentado anteriormente, por ter sido a última residência de Shundei. Não devemos subestimar os especialistas, pois esse detetive, depois de muitos esforços, descobriu a empresa transportadora que fizera a mudança de Shundei (uma pequena firma localizada nos arredores de Kuromoncho, bastante distante, mesmo sendo no mesmo distrito de Ueno) e foram atrás do endereço para onde ele se mudara. Pelo que descobriu, depois de sair de Sakuragicho, Shundei foi para Yanagishimacho, no distrito de Honjo, em seguida para Susakicho, em Mukojima, e aos poucos se transferiu para lugares cada vez piores, sendo a casa alugada em Susakicho quase um barraco localizado entre duas fábricas, alugado com alguns meses pagos adiantados. Quando o detetive visitou o local, o proprietário afirmou que o contrato de locação ainda estava no nome de Shundei, mas, ao inspecionar a casa, ele a encontrou sem móveis, empoeirada, em tamanho estado de desolação que era impossível saber desde quando estava vazia. Mesmo perguntando na vizinhança, por ser a casa ladeada por fábricas e sem donas de casa bisbilhoteiras, não obteve qualquer informação.

Honda, por sua vez, foi entendendo a situação aos poucos. Apreciador desse tipo de coisa por natureza, se entusiasmou tanto que, com base no único encontro com Shundei no parque de Asakusa, começou, com afinco, a imitar um detetive no tempo livre do trabalho de cobrança de manuscritos. Primeiro, visitou a pé algumas agências de publicidade nas imediações de Asakusa, onde Shundei distribuíra folhetos, na tentativa de investigar se alguma delas teria contratado um homem parecido com ele. O problema é que, quando essas agências têm muito trabalho, contratam temporariamente as pessoas em situação de rua da área do parque de Asakusa, as fantasiam e as usam um único dia, portanto eles foram incapazes de recordar quando perguntados. "Quem você está procurando deve ser um desses vagabundos", afirmaram.

Então Honda vagou pelo parque de Asakusa de madrugada, espiando cada banco à sombra escura das árvores. Fez questão de pernoitar em uma estalagem barata perto de Honjo, onde as pessoas em situação de rua passavam a noite, e até fez amizade com os hóspedes para lhes perguntar se não haviam visto um homem parecido com Shundei. No entanto, apesar desse enorme esforço, não conseguia obter qualquer pista, por mais que continuasse tentando.

Por volta de uma vez por semana, Honda passava em minha pensão para narrar suas dificuldades, mas, certo dia, com um sorriso no rosto como o da divindade Daikoku, ele me contou o seguinte:

— Samukawa, dia desses percebi algo ao assistir a uma atração. E acabei tendo uma ideia fantástica. Você deve saber que, ultimamente, nesses shows, eles exibem uma "mulher-aranha" ou uma "mulher com cabeça, mas sem tronco". Pois saiba que há um espetáculo similar em que uma pessoa não tem a cabeça, apenas a parte superior do corpo. Uma caixa comprida posta de lado tem três divisões, sendo que em duas delas há uma mulher deitada com o tronco e as pernas à mostra. A partição correspondente ao tronco é oca, e onde devia ser possível vislumbrá-la do pescoço para cima, não há algo em absoluto. Em outras palavras, o corpo decapitado de uma mulher está estendido dentro da comprida caixa e, além disso, como prova de que está viva, às vezes seus braços e pernas se movem. É ao mesmo tempo assustador e erótico! É um truque bem infantil de colocar um espelho na diagonal e fazer a parte traseira parecer oca. Entretanto, dia desses eu atravessei a ponte Edogawa, em Ushigome, e, em um terreno baldio de esquina na direção de Gokokuji, vi o show de uma pessoa sem cabeça, apenas com o tronco, porém não era uma mulher, como é costumeiro se ver nessas exibições, mas um homem obeso vestido com uma roupa de palhaço, escurecido e brilhando de sujeira.

Tendo falado até esse ponto, Honda assumiu uma expressão sugestiva um pouco tensa e se calou por um tempo. Até que, notando minha grande curiosidade, recomeçou a falar:

— Você entende o que quero inferir, não? Eu imaginei o seguinte: não seria uma ideia maravilhosa ser contratado como o homem sem cabeça desse espetáculo como forma de poder expor o corpo a todos e ainda assim dissimular perfeitamente o próprio paradeiro? Bastava se esconder do pescoço para cima e ficar deitado o dia inteiro. Não seria essa uma maneira de ocultação fantasmagórica que poderia ter sido pensada por Shundei Oe? Ainda mais ao considerarmos que ele escreveu romances sobre essas atrações e aprecia muito esse tipo de coisa.

— E então?

Eu o incitei a continuar, apesar de sentir que ele estava calmo demais para ter realmente encontrado Shundei.

— Fui de imediato à ponte Edogawa e constatei que felizmente o show ainda estava por lá. Entrei cruzando uma porta de madeira e postei-me diante do tal homem obeso sem cabeça, analisando uma forma de poder ver o seu rosto. Então me dei conta de que o sujeito teria que ir ao banheiro algumas vezes durante o dia. Desa forma, aguardei com paciência que fosse fazer suas necessidades. Depois de um tempo, todos os poucos espectadores saíram e eu fiquei sozinho. Mesmo assim continuei de pé, sereno. O sem-cabeça bateu palmas. Enquanto eu pensava em como aquilo era estranho, um homem que dava explicações veio até mim e me pediu para sair porque eles fariam um breve intervalo. Senti que esse era o momento. Saí, fui para detrás da tenda furtivamente e espiei por um rasgo na lona o sujeito "decapitado" sair da caixa com a ajuda do homem que dera as explicações. Obviamente, tinha cabeça. Ele foi correndo aos assentos do público e começou a urinar em um canto com chão de terra. Não é cômico? Ele batera palmas pouco antes como um sinal de que precisava se aliviar. Rá, rá...

— Você e suas histórias! Está zombando de mim...

Mostrei-me um pouco zangado, então Honda se explicou com uma expressão séria:

— É, foi um fracasso, o sujeito era outra pessoa... Mas digo tudo isso para você sentir as minhas dificuldades. Um mero exemplo do sacrifício por que passei ao procurar por Shundei!

Tal digressão mostra como era nossa busca por Shundei e, por mais que o tempo passasse, como se mostrava infrutífera.

No entanto, devo acrescentar aqui que descobrimos um único fato misterioso que julgamos que pudesse ser a chave para a resolução do caso. Meu foco estava na tal peruca que cobria a cabeça do cadáver de Rokuro e, presumindo que ela se originasse de algum lugar perto de Asakusa, visitei alguns fabricantes de perucas da área até encontrar a loja Matsui, em Senzokucho, que comercializava peças parecidas. O proprietário me confirmou que a peruca do cadáver era da loja e que quem a pedira, ao contrário do que eu esperava, não fora Shundei Oe, mas, para minha grande surpresa, o próprio Rokuro Oyamada.

A descrição do comprador feita pelo homem não só correspondia, como no momento do pedido, ele disse se chamar Oyamada. Além disso, quando a peruca ficou pronta (no final do ano anterior), ele próprio foi até a loja retirá-la. Na época, Rokuro deu como justificativa querer esconder a calvície, mas, se fosse esse o caso, como se explica que ninguém, nem mesmo Shizuko, a esposa, o tenha visto usando uma peruca quando vivo? Por mais que eu pensasse, era impossível solucionar esse mistério.

Por outro lado, meu relacionamento com Shizuko (recém-viúva) passou a ganhar contornos de intimidade após a atípica morte de Rokuro. Por força das circunstâncias, eu estava na posição de conselheiro e protetor. Quando os parentes de Rokuro souberam de meus esforços sinceros desde a investigação do sótão, tornou-se difícil para eles simplesmente me excluírem, o que fez o promotor Itozaki e os policiais me aconselharem a aproveitar essa feliz circunstância para visitar com frequência a casa dos Oyamada e observar bem a viúva, permitindo-me entrar e sair livremente da residência de Shizuko.

Como mencionei antes, sendo leitora de meus romances, Shizuko simpatizou muito comigo desde nosso primeiro encontro. Mas, sobretudo, esse complicado relacionamento que surgiu entre nós dois fez com que ela confiasse bastante em mim. Encontrando-a com frequência e, em particular, vendo-a na condição de viúva, aquele calor pálido e o encanto do corpo misteriosamente resistente — que pareciam prestes a desaparecer e que eu julgava tão distantes até o momento —, subitamente assumiam uma coloração realista e se aproximavam de mim. Em particular, foi a partir do momento em que encontrei em seu quarto um pequeno chicote aparentemente de fabricação estrangeira, por acaso, que meu desejo irrompeu com um vigor assustador, como se vertessem óleo sobre ele. Apontando para o chicote, perguntei, ciente de estar sendo invasivo:

— Seu marido praticava equitação?

Ao ver o objeto, ela pareceu surpresa, e seu rosto empalideceu por um momento para logo depois corar como se pegasse fogo. E ela respondeu, em uma voz muito fraca:

— Não.

Inadvertidamente, naquele momento eu solucionei o estranho mistério do vergão em sua nuca. Quando parei para pensar, aquela marca parecia mudar de posição e formato cada vez que eu a via. Na época, achei esquisito, mas não poderia imaginar que seu marido careca e aparentando boas maneiras fosse o ninfomaníaco brutal mais abominável deste mundo. Não, não só isso. Na época, um mês depois da morte do marido, por mais que procurasse, não via mais aquele feio vergão em sua nuca. Juntando as peças, mesmo não ouvindo uma confissão explícita, estou certo de que minha imaginação não me enganava. Além disso, desde que tomei conhecimento desse fato, acalentei uma angústia insuportável em meu coração. Tenho muita vergonha de dizê-lo, mas não seria eu um depravado assim como Rokuro?

CAPÍTULO 8

Em 20 de abril, dia da homenagem póstuma do marido dela, Shizuko visitou o templo e, à noite, convidou os parentes e pessoas próximas ao falecido para um serviço memorial budista. Eu participei da cerimônia, e dois novos fatos surgidos naquela noite (conforme explicarei mais tarde, embora fossem de naturezas muito distintas, eles tinham certa correlação estranha e fatídica) me provocaram uma emoção tão grande que jamais a esquecerei.

Naquele momento, eu caminhava ao lado de Shizuko pelo corredor à meia-luz. Mesmo após todos os convidados terem partido, nós conversamos por um tempo acerca das buscas por Shundei. Depois, talvez por volta das onze da noite, achando que não deveria me prolongar, até porque os criados estavam lá, despedi-me dela e voltei para casa no carro que ela chamou para mim na recepção da entrada. Nessa ocasião, ela caminhou ao meu lado pelo corredor para me levar até a porta. O corredor tinha várias janelas abertas para o jardim e, ao passarmos por uma delas, Shizuko de súbito soltou um grito lancinante e se agarrou a mim.

— O que houve? Você viu algo? — indaguei, surpreso.

Ainda me abraçando firme com uma das mãos, ela indicou a janela com a outra. Eu me espantei lembrando por um momento de Shundei, mas não demorou muito para entender que não era nada de mais. Olhando pela janela, vi um cão branco entre as árvores do jardim, que logo desapareceu em meio à escuridão fazendo farfalhar as folhas das árvores.

— É um cão! É um cão! Não há por que ter medo.

Como se por instinto, dei uns tapinhas no ombro de Shizuko para reconfortá-la. Mesmo compreendendo que não fora algo grandioso, ao sentir se propagar por todo o corpo a tepidez de sua mão, que continuava apoiada em minhas costas, ah, eu a abracei mais forte e acabei roubando um beijo de seus lábios de Gioconda, levemente intumescidos pelos dentes encavalados. E, para minha felicidade ou infelicidade, ela não apenas não me rejeitou como senti os braços dela me enlaçarem com uma firmeza tímida.

Por ser a data de homenagem póstuma do falecido, nosso sentimento de culpa era ainda mais intenso. Lembro que depois disso, até eu entrar no carro, permanecemos ambos calados e até desviamos o olhar um do outro.

Mesmo após o carro partir, minha mente continuava ocupada com Shizuko, de quem eu acabara de me despedir. Ainda sentia nos meus lábios a tepidez dos dela, e o calor de seu corpo permanecia em meu peito agitado. No coração, uma alegria prestes a alçar voo se entrelaçava à culpa profunda, tecendo o intrincado padrão de uma trama. Eu não fazia ideia de para onde ou como o carro seguia, e não me atentava à paisagem diante de mim.

Mas o estranho é que, mesmo nessa condição, havia algum tempo eu não conseguia tirar os olhos de um pequeno objeto incomum. Enquanto balançava dentro do carro, pensando sem parar em Shizuko, olhava para a frente com cuidado e, justo no meu campo de visão, um objeto me chamou a atenção por se mover discretamente. De início eu observava com indiferença, até que comecei a me interessar por ele aos poucos.

— Por que será? Por que estou olhando tanto para ele?

Enquanto pensava nisso, enfim percebi o que se passava. Era coincidência demais para ser verdade, mas a similaridade de dois itens me era suspeita.

À minha frente, o motorista de compleição grande, trajando um velho sobretudo de primavera azul-marinho, dirigia encurvado olhando adiante. Para além dos ombros bem largos, as mãos apoiadas no volante se moviam com vagar, cobertas por luvas de boa qualidade que destoavam das mãos ásperas. Eram luvas de inverno, fora da estação, e devia ter sido esse o motivo de chamarem minha atenção, porém, mais do que isso, o botão decorativo em gancho... Foi quando enfim percebi o que se passava. O objeto metálico redondo que eu recolhera no sótão da casa dos Oyamada não era outro senão o botão decorativo de uma luva. Eu comentara a respeito dele com o promotor Itozaki, mas, como na ocasião não o tinha comigo e eram visíveis os sinais de que o criminoso era Shundei Oe, tanto o promotor quanto eu não demos importância a esse item deixado para trás e que até aquele instante deveria estar no bolso de meu colete de inverno. Nunca me ocorreu que poderia ser o botão decorativo de uma luva. Pensando bem, é bastante plausível que o criminoso usasse luvas para não deixar impressões digitais e não tivesse percebido que o adorno caíra.

Entretanto, o botão decorativo da luva do motorista tinha um significado mais espantoso do que o de me sinalizar sobre o objeto que eu recolhera no sótão. Além de serem muito semelhantes no formato, cor e tamanho, o botão da luva da mão direita do motorista havia caído, restando somente a casa. Se o objeto metálico que recolhi no sótão se encaixasse com perfeição, o que isso significaria?

— Ei, rapaz — chamei o motorista, de súbito. — Posso dar uma olhada nas suas luvas?

O motorista pareceu surpreso com o meu estranho pedido, mas reduziu a velocidade, retirou as luvas e me entregou sem objeções. Vi que o selo da R. K. Bros. Co. gravado na superfície do botão era o mesmo. Minha surpresa aumentou. Comecei até a sentir uma estranha sensação de medo. Após me passar as luvas, o motorista continuou a dirigir sem olhar para mim. Observando sua figura obesa de costas, fui assaltado por uma fantasia.

— Shundei Oe — disse para mim mesmo, mas em um tom de voz alto o suficiente para que o motorista pudesse ouvir. Fixei o olhar no reflexo de seu rosto no pequeno espelho sobre o painel do condutor. No entanto, é desnecessário dizer que isso não passava de uma ilusão idiota minha. A expressão do motorista refletida no espelho permaneceu inalterada e, antes de tudo, Shundei Oe não é do tipo que faria algo ao estilo de Arsène Lupin. Quando o carro chegou à pensão, dei ao motorista uma boa gorjeta e comecei a lhe bombardear de perguntas.

— Você se lembra de quando perdeu o botão desta luva?

— Faltava o botão desde o início — respondeu, com uma estranha expressão no rosto. — As luvas foram um presente do falecido sr. Oyamada. Apesar de novas, o botão caíra e não podiam mais ser usadas.

— Do sr. Oyamada? — Em choque, repliquei às pressas: — Da casa dos Oyamada, de onde eu saí agora?

— Isso mesmo. Quando ele estava vivo, era eu quem o levava e trazia da empresa. Era um ótimo cliente.

— Desde quando as está usando?

— Eu as ganhei quando estava frio, mas seria um desperdício usar luvas tão luxuosas, então as deixei guardadas. Como as minhas velhas rasgaram, eu as peguei hoje pela primeira vez para dirigir. O volante escorrega se eu não usar luvas. Por que a pergunta?

— Tenho os meus motivos. Você se importaria de me vender essas luvas?

Assim, acabei pagando um preço considerável por elas e, ao entrar em meu quarto e compará-las com o tal objeto de metal que recolhi do sótão, de fato, não havia a mínima diferença e o adorno se encaixava perfeitamente na luva.

Como eu dissera antes, era coincidência demais, mas os dois itens tinham a mesma origem. Seria possível pensar que Shundei Oe e Rokuro Oyamada usassem luvas iguais até na marca do botão decorativo e, além disso, que a peça metálica removida da luva e a casa do botão se encaixassem perfeitamente? Só mais tarde viria a descobrir, ao levar as luvas para avaliação à Izumiya de Ginza, uma das lojas de artigos ocidentais mais renomadas da cidade, que elas eram de um tipo pouco comum no Japão e que provavelmente eram de fabricação inglesa. Soube também que não havia no país outra filial da R. K. Bros. Co., uma empresa administrada por irmãos. Ao contrapor o que ouvi do proprietário da loja com o fato de Rokuro ter estado no exterior até setembro dois anos antes, cheguei à conclusão de que as luvas deveriam pertencer a Rokuro e que, portanto, ele devia ter deixado cair aquele botão decorativo. Era inconcebível que Shundei Oe tivesse essas luvas que não estão à venda no Japão e que, por coincidência, elas fossem iguais às de Rokuro.

— Sendo assim, o que tudo isso significa?

Com a cabeça entre as mãos, eu me inclinei sobre a escrivaninha repetindo "o quê, o quê?", em um estranho monólogo, com a atenção no centro de minha mente na tentativa de encontrar algum tipo de interpretação para tudo isso o quanto antes. Por fim, ocorreu-me, de súbito, uma ideia incomum. A casa dos Oyamada ficava localiza em Yamanoshuku, um distrito longo e estreito à margem do rio Sumida, e naturalmente ficava próxima ao rio Okawa. Sem refletir muito, eu o observava da janela do prédio em estilo ocidental da casa dos Oyamada, mas, por algum motivo, nesse momento o rio provocou em mim um significado diferente, como se eu o descobrisse pela primeira vez. Em minha mente difusa apareceu uma grande letra "U". Yamanoshuku está localizada na extremidade superior esquerda do "U". Na extremidade superior direita está o distrito de Koume (local da casa do parceiro de Go de Rokuro). E o ponto no fundo do "U" corresponde exatamente à ponte Azuma. Até agora acreditávamos que, naquela noite, Rokuro saíra da extremidade superior do "U" e caminhara até o lado esquerdo inferior do "U", onde fora morto por Shundei. No entanto, não teríamos negligenciado o fluxo do rio? O rio Okawa flui da montante rumo à jusante. Não seria mais natural pensar que o cadáver atirado no rio não estaria no local onde a pessoa fora assassinada, mas que teria flutuado rio abaixo, chegado ao embarcadouro sob a ponte Azuma e parado nos sedimentos? O cadáver havia sido trazido pela correnteza do rio. Mas de onde? Onde o crime fora cometido...? Assim, fui afundando cada vez mais no atoleiro de minhas fantasias.

CAPÍTULO 9

Refleti a respeito disso por noites a fio. O fascínio por Shizuko não suplantava essa estranha suspeita, como se eu curiosamente tivesse me esquecido dela, de tal modo estava imerso nas profundezas de minhas bizarras fantasias. Nesse meio-tempo, eu a visitara duas vezes para confirmar determinadas coisas, mas, concluído meu objetivo, logo despedira-me e voltara para casa às pressas, fazendo-a estranhar, sem dúvida. O rosto dela até me parecia solitário e tristonho quando me levava até a porta.

E, em questão de uns cinco dias, eu havia montado uma fantasia absurda. Não vou descrevê-la aqui, em vez disso, como ainda estou de posse da carta com minhas opiniões que escrevi para enviar ao promotor Itozaki, eu a transcrevo abaixo com alguns acréscimos, embora tivesse sido improvável redigi-la não fosse pela capacidade imaginativa de um escritor de romances policiais. Mais tarde vim a saber que havia nela um significado mais profundo.

[...] *Por essa razão, quando percebi que a peça de metal que eu recolhera no sótão acima da sala de estar da residência dos Oyamada só podia ter caído do gancho na luva de Rokuro Oyamada, comecei a lembrar-me, um após o outro, de vários fatos que até agora se alojam em um canto de minha mente e que pareciam consubstanciar a descoberta. O cadáver de Rokuro usar uma peruca. Essa peça ter sido pedida pelo próprio Rokuro (o cadáver estar nu não representou para mim um problema, pela razão que explicarei posteriormente). As cartas ameaçadoras de Hirata terem cessado simultaneamente à estranha morte de Rokuro, como se de forma proposital. E ele ser um abominável e brutal ninfomaníaco (sádico), ao contrário de sua aparência (as pessoas, em sua maioria, têm inclinações diferentes do que aparentam). Pode parecer uma combinação ocasional de várias anormalidades, mas, examinando bem, todas apontam para um único fato.*

Ao me dar conta disso, pus-me a reunir o maior número de materiais possível para fornecer uma maior convicção às minhas deduções. Primeiramente, visitei a casa dos Oyamada e, com a permissão de Shizuko, examinei o escritório do falecido Rokuro. Nada diz tanto sobre o caráter e os segredos de um homem do que o escritório dele. Não me importando que ela achasse suspeito, passei quase metade do dia vasculhando as gavetas de cada peça do mobiliário até encontrar entre as numerosas estantes uma que estava rigorosamente trancada. Quando perguntei a Shizuko pela chave, fui informado de que Rokuro andava sempre com ela presa em uma corrente do relógio e que no dia de sua estranha morte ele saíra de casa com ela enfiada no cós da calça. Sem alternativa, eu a persuadi até obter sua permissão para quebrar a porta da estante.

Ao abri-la, o interior estava repleto de diários de Rokuro, alguns sacos de documentos, maços de cartas e livros. Ao investigar cada um deles com cuidado, descobri três relacionados a este caso. O primeiro era um diário do ano em que Rokuro e Shizuko se casaram com a seguinte anotação exibida na margem do texto, feita a tinta vermelha três dias antes do enlace matrimonial:"[...] Tomei conhecimento da relação entre Shizuko e um jovem de nome Ichiro Hirata. No entanto, a determinada altura ela começou a rejeitar esse jovem e não correspondia às vontades dele independentemente do que ele fizesse e, por fim, aproveitou a oportunidade da falência do pai para desaparecer. Isso foi bom. Não pretendo ficar questionando águas passadas".

Em outras palavras, Rokuro conhecia o segredo da esposa desde o início do casamento. E nunca lhe contou.

Em segundo lugar, o livro de contos de Shundei Oe intitulado Jogos no sótão. Fiquei surpreso ao encontrar esse livro na biblioteca do empresário Rokuro Oyamada.

Duvidei de meus olhos até ouvir de Shizuko que, quando vivo, Rokuro adorava romances. Bem, vale notar que na primeira página dessa coletânea de contos havia um retrato de Shundei impresso em versão colotipo e, no colofão, o nome verdadeiro do autor: Ichiro Hirata.

Em terceiro lugar, a edição 12, volume 6, da Shinseinen, revista publicada pela Hakubunkan. Não havia obra de Shundei nela; em vez disso, exibia no frontispício uma versão fotográfica grande de cerca de metade de uma folha do manuscrito original e, no espaço em branco, a explicação "caligrafia de Shundei Oe". O estranho é que, segurando contra a luz essa versão fotográfica e a olhando bem, havia sobre o papel artístico espesso algo parecido a marcas de arranhões. Só posso supor que alguém colocou uma fina folha de papel por sobre a foto e fez repetidos traços a lápis sobre a caligrafia de Shundei.

Fiquei com medo de que minhas fantasias estivessem se provando corretas uma após a outra.

Naquele mesmo dia, pedi a Shizuko que procurasse um par de luvas trazidas por Rokuro do exterior. Ela levou um bom tempo na busca, mas por fim trouxe um par exatamente igual ao que eu comprara do motorista. Ao entregá-las, ela comentou com um ar desconfiado que deveria haver mais um par igual àquele. O diário, a coletânea de contos, a revista, as luvas, a peça de metal recolhida no sótão, essas e outras evidências poderiam ser apresentadas a qualquer momento mediante sua instrução.

Bem, havia muitos outros fatos além dos que eu investiguei, mas antes de explicá-los, mesmo analisando apenas os pontos descritos acima, torna-se claro que Rokuro Oyamada era dotado de um caráter excêntrico e que, sob uma máscara gentil e benevolente, elaborava um plano monstruoso.

Será que nos apegamos em demasiado ao nome de Shundei Oe? O conhecimento de suas obras sangrentas e de sua rotina incomum não nos teriam dominado de tal forma que me fez assumir arbitrariamente que somente ele poderia cometer um crime semelhante? Como ele desapareceu sem deixar rastros? Não parece um pouco estranho que ele seja o criminoso? Não seria difícil encontrá-lo justamente por ser inocente e se esconder do mundo devido a nada mais do que sua aversão inerente pela convivência com pessoas (e que, quanto mais famoso se tornava, mais essa espécie de misantropia se intensificava)? Como você disse uma vez, ele pode ter fugido para o exterior. E, por exemplo, pode muito bem estar em um canto de um bairro chinês em Xangai se passando por um chinês, fumando um narguilé. Se, ao contrário, Shundei for o assassino, como explicar que um plano de vingança tão meticuloso, persistente e demorado tenha sido abortado apenas com o assassinato de Rokuro, um mero desvio de rota, obliterando seu objetivo principal? Quem leu os romances dele e conhece sua rotina decerto imaginará que isso seria muito antinatural e improvável.

Não, há fatos ainda mais evidentes. Como ele poderia ter deixado cair o botão da luva de propriedade de Rokuro Oyamada naquele sótão? Se considerarmos que as luvas eram de fabricação estrangeira, que não estavam disponíveis no Japão e que faltava um botão decorativo na luva com que Rokuro presenteou o motorista, parece-me ilógico pensar que a pessoa que se esgueirou no sótão fosse Shundei Oe e não o próprio Rokuro Oyamada. (Se foi Rokuro, talvez fosse possível contra-argumentar o porquê de ele ter dado essa prova valiosa ao motorista com tamanho descuido. Porém, como explicarei mais tarde, ele não cometera qualquer delito. Apenas jogava um tipo de jogo apreciado pelos pervertidos. Portanto, nada havia de prejudicial para ele em perder o botão da luva e tê-lo deixado no sótão. Rokuro não precisava se preocupar como um criminoso, questionando-se se o botão não teria sido perdido quando ele se movimentava pelo sótão e se isso não serviria de prova.)

Esses não são os únicos elementos que refutam a culpa de Shundei. As evidências descritas anteriormente — como os diários, a coletânea de contos e o exemplar da revista Shinseinen estarem trancados na estante no escritório de Rokuro e só haver uma chave, que estava de posse do dito cujo — não apenas comprovam suas travessuras sinistras como, indo um pouco além, as inviabilizam por completo, *se pensarmos que Shundei falsificou esses itens colocando-os na estante de Rokuro para fazer as suspeitas recaírem sobre ele. Antes de mais nada, seria impossível falsificar os diários, e somente Rokuro poderia abrir e fechar o armário.*

Ao verificá-lo, só pudemos supor que Ichiro Hirata, conhecido também como Shundei Oe, que acreditávamos até o momento ser o criminoso, estava inusitadamente ausente desse caso desde o início. Só podemos conjecturar que a razão de termos sido levados a acreditar o contrário foi fruto da astúcia surpreendente de Rokuro Oyamada. Não consideramos a inesperada possibilidade de um cavalheiro rico como ele ser dono de um espírito infantil tão minuciosamente insidioso: enquanto se fazia passar por gentil e bondoso, no quarto se convertia em um temível demônio e açoitava a pobre Shizuko com um chicote de equitação de fabricação estrangeira, mas não são raros os exemplos no mundo de um príncipe gentil e um diabo astuto conviverem no coração de uma mesma pessoa. Não poderíamos afirmar que, quanto mais gentil e simpática for uma pessoa, mais facilmente pode vir a se tornar uma discípula de Satanás?

Bem, eu penso da seguinte forma. Rokuro Oyamada viajou há cerca de quatro anos para a Europa a negócios, permanecendo pelo período de dois anos sobretudo em Londres e em duas ou três outras cidades, e seus vícios possivelmente brotaram e se desenvolveram em algum desses locais (um funcionário da Rokuroku me contou sobre os boatos relativos à situação do patrão em Londres). E em setembro do ano retrasado, ele retornou ao Japão e seus vícios incuráveis se tornaram mais violentos, tendo como alvo a amada esposa Shizuko. Eu cheguei a notar um assustador vergão em sua nuca quando a conheci em outubro do ano passado.

Uma vez adquirido, esse tipo de vício, assim como aquele em morfina, é irrefreável por toda a vida, e o estado patológico progride a ritmo assustador com o passar dos dias e dos meses. Buscam-se novos estímulos, cada vez mais intensos. Hoje é impossível se satisfazer da mesma forma que ontem, e amanhã parecerá insuficiente diante de como as coisas são feitas hoje. É fácil imaginar que Rokuro Oyamada já não se satisfazia apenas em açoitar a esposa. Por isso, precisava desesperadamente encontrar novos estímulos.

Justo nessa época, ele deve ter ouvido acerca do teor bizarro do Jogos no sótão, livro de Shundei Oe, e ficou curioso para lê-lo. Seja como for, descobriu no livro um amigo curioso. Encontrou um simpatizante. Posso imaginar o quanto ele amava ler a coletânea de contos de Shundei pelas marcas de desgaste do manuseio. Naquela coletânea de contos é mencionado, repetidas vezes, o estranho prazer em espionar uma pessoa solitária (em particular, uma mulher) sem ser notado, mas não é difícil imaginar que isso, que para ele deve ter representado uma nova descoberta, ressoou como um inédito passatempo. Imitando o protagonista do livro de Shundei, Rokuro por fim se tornou ele próprio um jogador do sótão e planejou entrar no da própria casa de modo sorrateiro para espiar os momentos solitários da esposa.

Na residência dos Oyamada há uma distância razoável entre o portão e a entrada, por isso, quando voltava de alguma saída, para não ser percebido pelos criados, entrava sorrateiramente pelo depósito ao lado da porta de entrada e depois seguia sem qualquer dificuldade pelo sótão até acima da sala de estar de Shizuko. Eu suspeito até que Rokuro ia com frequência à casa do amigo em Koume para jogar Go como forma de escamotear esse tempo dos jogos no sótão.

Ao mesmo tempo, não seria natural que ele, que lera Jogos no sótão tão compenetrado, descobrisse que o nome verdadeiro do autor fosse Ichiro Hirata, antigo namorado rejeitado por Shizuko e por quem ele decerto nutria profundo rancor? Por isso, foi à busca de todos os artigos e mexericos relacionados a Shundei Oe e acabou descobrindo que o escritor e o antigo namorado de Shizuko eram a mesma pessoa, cuja personalidade era tão antissocial que, na época, já havia parado de escrever e até havia desaparecido. Em outras palavras, por meio de um único livro, Jogos no sótão, Rokuro descobriu, por um lado, um amigo com quem compartilhar sua perversão, e, por outro, um antigo rival amoroso a ser odiado. E, baseando-se nesse conhecimento, criou uma travessura espantosa.

A visão da existência solitária de Shizuko teria despertado bastante sua curiosidade, mas, sendo um ninfomaníaco cruel, ele não se satisfaria apenas com essa brincadeira morna. Deve ter dado asas à incomumente aguçada imaginação doentia na procura de um método mais recente e mais cruel para substituir o chicote. No final, ocorreu-lhe a ideia da encenação inédita das cartas ameaçadoras de Ichiro Hirata. Para isso, ele obtivera uma amostra da caligrafia na foto na página de abertura da edição 12, volume 6, da Shinseinen. Para tornar o jogo ainda mais interessante e realista, ele começou a aprender a caligrafia de Shundei a partir dela. As marcas de lápis na imagem indicavam isso.

Rokuro preparou as cartas ameaçadoras de Ichiro Hirata e as enviou de agências do correio diferentes com o intervalo de certo número de dias. Era fácil colocá-las em uma caixa de correio quando saía de carro a negócios. Quanto ao teor das cartas, ele conhecia a carreira de Shundei por meio dos artigos de jornais e revistas, e espiara os movimentos minuciosos de Shizuko do sótão, e de resto, sendo marido de Shizuko, ele podia escrever tudo aquilo com facilidade. Em outras palavras, enquanto deitava lado a lado com a mulher tendo seus momentos de intimidade, memorizava palavras e gestos da esposa e escrevia como se Shundei os tivesse espiado. Que demônio! Assim, ele combinava essa brincadeira quase criminosa de escrever cartas ameaçadoras se fazendo passar por outrem e enviá-las à esposa com o prazer diabólico de espreitar do sótão, com o coração palpitando, e ver a esposa tremer ao lê-las. Ademais, há razão para se acreditar que ele teria continuado a usar o chicote durante todo esse tempo. Isso porque as marcas na nuca de Shizuko desapareceram após a morte de Rokuro. Desnecessário dizer que ele torturou a esposa dessa maneira não porque a odiasse, mas, ao contrário, cometia essas brutalidades justamente por amá-la. Estou certo de que você também conhece bem o que se passa na cabeça de um pervertido dessa espécie.

  Bem, eu mencionei toda a minha suposição de que Rokuro Oyamada era quem redigia as tais cartas ameaçadoras, mas como a simples travessura de um pervertido teria resultado naquele crime? Não apenas o motivo de Rokuro ter sido assassinado, mas por que flutuava sob a ponte Azuma usando uma estranha peruca e estando completamente nu?

Quem o teria esfaqueado pelas costas? Se Shundei Oe não tinha relação com o caso, então haveria outro criminoso? Eram muitas dúvidas. Vou expor minhas observações e deduções a respeito disso.

Em suma, as ações de Rokuro Oyamada foram tão diabólicas que devem ter enfurecido os deuses, e eles o castigaram. Não houve crime nem criminoso, apenas morte por negligência. Então, a pergunta é: qual a razão dos ferimentos fatais em suas costas? Porém, deixando para mais tarde a explicação, pela ordem discorrerei sobre como cheguei a essas conclusões.

O ponto de partida do raciocínio foi, sem dúvida, a peruca. Você deve lembrar que em 17 de março, dia seguinte à inspeção do sótão, Shizuko se mudou para um quarto no andar de cima do prédio em estilo ocidental para evitar ser espionada. Não sei ao certo como ela fez para convencer o marido ou por que ele acatou a sugestão, mas, de qualquer forma, a partir desse dia, Rokuro não pôde mais espiar do sótão. Porém, dando asas à minha imaginação, a essa altura ele já devia ter se cansado de espiar. E não se pode dizer que não tenha aproveitado a mudança para o prédio em estilo ocidental para inventar algum outro tipo de travessura. E aqui a peruca entra em cena. Uma peça espessa encomendada por ele próprio. Ele o fez no fim do ano passado e, embora não fosse essa sua intenção desde o início, tendo provavelmente outro propósito, a peruca chegou na hora exata. Olhou para a imagem no frontispício de Jogos no sótão. Diziam que a foto era de Shundei quando jovem e, naturalmente, ele não era careca como Rokuro, mas tinha uma volumosa cabeleira preta. Por isso, se Rokuro, dando um passo adiante, além de escrever cartas ou assustar Shizuko ao se esconder nas sombras do sótão, tivesse planejado ele próprio se disfarçar de Shundei para, certificando-se de que Shizuko estava lá, sentir um estranho prazer ao mostrar seu rosto de relance do lado de fora da janela do prédio em estilo ocidental, não havia dúvidas de que precisaria esconder a careca, sua característica mais marcante, e, para tanto, tinha a peruca ideal. Bastaria usá-la e se mostrar de relance, já que seu rosto estaria do lado de fora do vidro escuro (e isso seria ainda mais eficaz), sem se preocupar em ter a identidade descoberta pela amedrontada Shizuko.

Naquela noite (19 de março), Rokuro voltou da casa do parceiro de Go em Koume e, aproveitando que o portão ainda estava aberto, deu uma volta silenciosa pelo jardim e entrou no escritório do andar de baixo do prédio em estilo ocidental, evitando ser notado pelos serviçais (Shizuko me disse que ele levava a chave do escritório na mesma corrente que a da tal estante de livros). Para também não ser notado pela esposa, que nesse momento já estava no quarto do andar de cima, colocou a peruca no escuro, saiu, subiu ao beiral do prédio em estilo ocidental por entre as árvores, deu a volta até o lado de fora da janela do quarto e espiou, sorrateiro, por entre as cortinas. Quando mais tarde Shizuko me contou a respeito de um rosto humano que vira fora da janela, ela se referia a esse momento.

Bem, então, antes de contar como Rokuro morreu, devo expor minhas observações ao olhar pela janela em questão no prédio em estilo ocidental quando, suspeitando dele, visitei pela segunda vez a casa dos Oyamada. Se você o fizer, entenderá por si só, portanto omitirei aqui uma descrição demasiadamente detalhada, mas essa janela estava voltada para o rio Sumida e praticamente não havia espaço abaixo do beiral, sendo o terreno cercado por um muro de concreto rente, igual àquele na parte da frente, conduzindo imediatamente a um alto penhasco. Para aproveitar ao máximo o terreno, o muro foi construído na borda. A distância da superfície da água até a parte alta do muro é de cerca de quatro metros e a do muro até a janela do andar de cima é de mais ou menos dois metros. Se Rokuro tivesse pisado em falso e despencado da cornija do beiral (de largura bastante estreita), precisaria de muita sorte para cair na parte interna do muro (um espaço estreito por onde apenas uma pessoa pode passar), mas se, ao contrário, batesse na parte superior do muro, certamente cairia no grande rio do lado externo. E é claro que o caso de Rokuro se enquadra nessa última opção.

De início, quando pensei na correnteza do rio Sumida, percebi que seria mais natural interpretar que o corpo viera flutuando rio abaixo do que achar que ele havia parado no local onde fora atirado. Eu também sabia que logo do lado de fora do prédio em estilo ocidental dos Oyamada havia o rio Sumida a montante da ponte Azuma. Portanto, imaginei que Rokuro pudesse ter caído daquela janela, mas, como a causa de sua morte não foi afogamento e sim as perfurações nas costas, fiquei perdido por um bom tempo.

Um dia, porém, eu de repente me lembrei de um caso semelhante a este descrito no Métodos mais recentes de investigação criminal, de Mokusaburo Nanba. Quando penso em romances detetivescos, eu me refiro a esse livro com frequência e me ocorreu o seguinte exemplo contido nele:

"Em meados de maio de 1917, o corpo de um homem afogado apareceu próximo ao quebra-mar da empresa de navegação Taiko Kisen, na cidade de Otsu, província de Shiga. Um ferimento em sua cabeça teria sido provocado por um instrumento afiado. Segundo o laudo do médico-legista, a incisiva ocorrera enquanto o homem estava vivo e a pouca água no abdômen indicava que ele teria sido atirado no rio no momento do assassinato. Por isso, nós, investigadores, começamos a atuar acreditando se tratar de um grande caso. Depois de se esgotarem todos os recursos para identificar a vítima, finalmente obtivemos uma pista quando, alguns dias depois, a delegacia de polícia de Otsu recebeu pelo correio a carta de Saito, um ourives de Jofukujidori, no distrito de Kamigyo, em Kyoto, notificando o desaparecimento de Shigezo Kobayashi, de 23 anos, seu funcionário. Coincidentemente, a roupa que esse rapaz trajava ao fugir da casa do patrão e a da vítima coincidiam, e Saito foi notificado de imediato. Ao ver o cadáver, ele confirmou não haver dúvidas de que se tratava de seu empregado. Como o afogado despendera à revelia uma vultosa quantia de dinheiro do patrão e fugira de casa deixando uma carta de despedida, determinou-se que não se tratava de assassinato, mas de suicídio. O ferimento na cabeça da vítima foi sem dúvida sofrido quando, ao se atirar no lago pela popa de um barco a vapor em curso, ele batera na hélice em movimento."

Não tivesse eu me recordado desse exemplo, talvez não me passasse pela cabeça aquela ideia tão esdrúxula. Porém, na maioria dos casos, os fatos estão além da imaginação de um escritor. E as coisas mais absurdas e improváveis na verdade são realizadas com facilidade. Não estou imaginando que Rokuro tenha se ferido na hélice de um navio. No caso em questão, ao contrário do exemplo mencionado, o cadáver não havia ingerido água e, além disso, é raro barcos trafegarem pelo rio Sumida por volta da uma da madrugada.

Então, o que provocara o ferimento nas costas de Rokuro, grave a ponto de atingir seu pulmão e similar ao de uma arma branca? Não foram mais do que os cacos de garrafas de cerveja colocados no alto do muro de concreto da residência dos Oyamada. Você deve ter reparado que também figuravam no portão da frente. Alguns dos cacos de vidro usados para proteção contra ladrões são bem grandes e, dependendo do caso, podem ser suficientes para causar ferimentos que atinjam os pulmões. Rokuro caiu da cornija do beiral com força sobre eles. Não é de se admirar que tenha sido gravemente ferido. Essa interpretação também explica os muitos arranhões superficiais ao redor do ferimento fatal. Dessa forma, Rokuro, devido à arriscada perversão, colheu o que plantou: pisou em falso na cornija do beiral, bateu contra o muro, teve um ferimento fatal, caiu dentro do rio Sumida e foi levado pela correnteza até debaixo do banheiro do embarcadouro da ponte Azuma, expondo-se, assim, a uma morte ridícula.

Essa é minha nova interpretação do caso. Acrescentando alguns pontos, em relação à dúvida sobre o cadáver de Rokuro estar nu, os arredores da ponte Azuma são um antro de vagabundos, mendigos e ex-presidiários, e, se a pessoa afogada estivesse trajando roupas caras (naquela noite, Rokuro usava um quimono de linho Oshima com uma jaqueta Shioze e portava um relógio de bolso de platina), eles não teriam pudores em se apossar das roupas de um cadáver em uma noite deserta. (Nota: corroborando *essa minha teoria, de fato um vagabundo foi preso dias depois.) Além disso, o motivo de Shizuko não ter percebido o barulho da queda de Rokuro apesar de estar no quarto foi por estar assustada e nervosa e, como as janelas de vidro do prédio em estilo ocidental de concreto estavam hermeticamente fechadas, e a distância da janela até a superfície da água é bastante grande, então, mesmo que ouvisse o ruído da água, ela pode tê-lo confundido com o som da vara usada como remo por um dos condutores das barcas carregando lama que por vezes cruzam o rio Sumida de madrugada. O que se deve atentar é que este incidente não foi de forma alguma criminoso, e, apesar de ter provocado uma morte estranha e infeliz, não extrapolou de forma alguma o escopo de uma brincadeira de mau gosto. Não fosse esse o caso, não haveria como explicar a tola falta de atenção de Rokuro ao entregar ao motorista as luvas que serviam de prova, pedir a peruca informando seu nome verdadeiro e guardar provas importantes na estante de casa mesmo trancando-a à chave. [Restante omitido]*

Transcrevi minha opinião ao extenso, mas se a insiro aqui é porque meu texto será de difícil compreensão a partir de então, caso eu não exponha antecipadamente minhas deduções. Nesse meu relato, mencionei que Shundei Oe não existiu desde o início. Mas seria o caso? Se for, as explicações detalhadas sobre sua personalidade na primeira parte desse meu registro não fariam qualquer sentido.

CAPÍTULO 10

O relatório que preparei para apresentar ao promotor Itozaki está datado de 28 de abril. No dia seguinte à sua conclusão, visitei de imediato a casa dos Oyamada para mostrá-lo a Shizuko e tranquilizá-la de que Shundei Oe era uma ilusão que não deveria assustá-la. Eu a havia visitado duas vezes desde que suspeitei de Rokuro, mas na verdade não lhe dissera nada enquanto fazia minhas investigações na casa.

Na época, os parentes se reuniam em torno dela todos os dias para tratar da disposição dos bens do falecido, pois havia surgido vários problemas complexos e Shizuko se mostrava quase isolada. Assim, ela passou a depender ainda mais de mim e, sempre que eu a visitava, recepcionava-me com grande alvoroço. Como de costume, fui conduzido à sala de estar onde a surpreendi, declarando de supetão:

— Shizuko. Você não precisa mais se preocupar! Shundei nunca esteve envolvido nisso.

Obviamente ela não entendeu o sentido das minhas palavras. Então, com o mesmo sentimento de quando eu leio minhas histórias de detetive para meus amigos ao escrevê-las, li em voz alta o rascunho do meu relatório. Por um lado, eu desejava tranquilizá-la em relação aos detalhes e, por outro, queria ouvir sua opinião para encontrar falhas no meu rascunho e realizar os devidos acertos.

Os trechos que explicitavam a luxúria selvagem de Rokuro eram muito cruéis. Shizuko enrubesceu, exibindo um ar de quem desejaria desaparecer. Na passagem sobre as luvas, ela comentou:

— Eu também achei muito estranho, sabia que havia outro par.

Na parte sobre a morte negligente de Rokuro, ela ficou pálida e muda, tamanha foi sua admiração. No entanto, ao concluir a leitura, estava atordoada e emitiu somente um "nossa...", mas por fim surgiu em seu semblante um ar de alívio. Decerto ela sossegou ao saber que as cartas ameaçadoras de Shundei Oe eram falsas e que o perigo desaparecera de imediato. Se me permitirem uma suposição muito pessoal, ao ouvir sobre como ele colhera o que vilmente plantara, Shizuko deve ter podido amenizar, até certo ponto, o sentimento de culpa que carregava devido a nosso relacionamento. Ela devia estar feliz por ter conseguido a desculpa de que "aquele homem fez coisas tão horríveis para me fazer sofrer, já eu...".

Pode ser só impressão minha, mas como era hora do jantar, ela parecia quase alegre ao me entreter servindo uma bebida ocidental. De minha parte, feliz por ela ter aceitado meu relatório, acabei bebendo mais do que devia. Sou fraco para o álcool, que sempre me deixa deprimido. Logo fiquei vermelho e melancólico, como sempre fico quando bebo, limitando-me a observar o rosto de Shizuko sem me expressar muito. Ela estava terrivelmente abatida, mas a palidez era de sua essência e ela não havia perdido nem um pouco da elasticidade do corpo e de seu misterioso charme, que se assemelhava a um fogo-fátuo a queimar em seu âmago. Já era a época de vestir tecidos finos de lã e flanela, e as linhas de seu corpo em sua peça à moda antiga pareciam mais atraentes do que nunca. Enquanto eu admirava as curvas de seus membros se movendo sob o tecido e fazendo-o tremular, tentava imaginar, mesmo com dificuldade, as partes ainda desconhecidas de seu corpo, envoltas no quimono.

Enquanto conversávamos dessa forma por um tempo, a embriaguez me levou a elaborar um plano maravilhoso. A ideia era alugar uma casa em algum lugar discreto, definindo-o como o local de encontros românticos entre mim e Shizuko, onde poderíamos desfrutar nosso relacionamento em segredo. Naquele momento, notei que a empregada havia partido e confesso que cometi um ato sórdido: puxei Shizuko para mim e trocamos um segundo beijo. Enquanto minhas mãos apreciavam a sensação da flanela em suas costas, sussurrei minha ideia em seu ouvido. Ela não apenas não rejeitou meu gesto indelicado, como também aceitou minha oferta com um leve movimento da cabeça.

Como descrever os mais de vinte dias seguintes em que nossos inúmeros encontros dia após dia eram semelhantes a um doloroso pesadelo? Aluguei uma antiga casa com um depósito anexo nos arredores de Ogyonomatsu, em Negishi, na qual nos encontrávamos, em geral durante o dia. Pedi à senhora de uma doceria da vizinhança para cuidar da casa em nossa ausência. Eu vivenciava, talvez pela primeira vez, a intensidade e a violência da paixão feminina com profundidade. Por vezes eu e Shizuko voltávamos a ser crianças e, como cães de caça, de línguas de fora, bufando e respirando fundo, nos enroscávamos e corríamos pela residência, ampla como uma velha mansão assombrada. Quando tentava agarrá-la, ela se contorcia, tal qual um golfinho escorregando habilmente pelas minhas mãos, e se evadia. Corríamos até onde nossas respirações permitiam e caíamos pesados, um sobre o outro, como mortos. Por vezes, nos enfurnávamos no depósito mal iluminado, permanecendo em silêncio por uma ou duas horas. Se alguém ouvisse da entrada do depósito, teria escutado os soluços de uma mulher misturados ao grave choro descontrolado de um homem, como em um longo e contínuo dueto.

No entanto, eu até senti certo temor quando, um dia, Shizuko trouxe escondido dentro de um grande buquê de peônias o tal chicote estrangeiro usado com frequência por Rokuro. Ela me fez pegá-lo e me incentivou a chicotear seu corpo nu como fazia o marido. Talvez a doentia e longa crueldade tivesse acabado por acometê-la também, e ela sucumbiu aos desejos indomáveis de um masoquista. E se eu tivesse continuado com tais encontros por meio ano, decerto teria sido acometido da mesma mazela de Rokuro. Porque, ao mesmo tempo que fiquei horrorizado, também senti um estranho prazer quando, incapaz de resistir às suas súplicas, vi aflorar à superfície de sua alva pele vergões repugnantes ao aplicar esse chicote sobre sua carne débil.

Entretanto, não comecei a redigir este registro para descrever um caso entre um homem e uma mulher. Deixarei para escrever os pormenores quando futuramente transformá-lo em um romance. Restrinjo-me aqui a acrescentar um fato que ouvi de Shizuko durante este caso amoroso. Refere-se à peruca de Rokuro, por ele encomendada e para ele especialmente preparada. Apesar de Shizuko o ter impedido, rindo, ele se preocupava tanto em relação à calvície pouco atraente que, para escondê-la por ocasião de suas brincadeiras íntimas com a esposa, foi encomendar a peruca em uma obstinação quase infantil.

— Por que escondera isso de mim até agora? — perguntei-lhe.

Shizuko me respondeu:

— Era vergonhoso demais para comentar.

Depois de cerca de vinte dias assim, seria estranho se eu não desse as caras, por isso visitei a casa dos Oyamada fingindo inocência e, depois de me encontrar com Shizuko e conversar formalmente com ela durante uma hora, voltei para casa naquele mesmo carro, por coincidência tendo como motorista Tamizo Aoki, de quem eu comprara as luvas, acontecimento que me conduziu novamente ao meu delírio bizarro.

Ele portava luvas diferentes, mas o aspecto não mudara em nada em comparação àquele de cerca de um mês antes: o formato das mãos sobre o volante, o velho sobretudo de primavera azul-marinho (ele o usava diretamente sobre a camisa social), os ombros tensos, o mesmo para-brisa e o espelhinho retrovisor logo acima. Isso me causou uma sensação esquisita. Lembrei-me de naquela ocasião tê-lo chamado de "Shundei Oe". Estranhamente, minha cabeça se preencheu com as lembranças do rosto de Shundei Oe na foto, as tramas bizarras de suas obras e sua vida misteriosa. Por fim, eu o senti tão próximo a ponto de imaginar se não estaria sentado ao meu lado no banco do carro. E, confuso por um instante, comecei a dizer coisas estranhas.

— Diga-me, Aoki. Aquelas luvas de outro dia, quando foi que Oyamada as deu a você?

— Hum? — Como naquela outra vez, o motorista se voltou com uma expressão de surpresa. — Deixe-me ver. Foi sem dúvida no ano passado, em novembro... Acredito que tenha sido em 28 de novembro, porque lembro bem que foi justo no dia em que recebi o salário do pessoal da recepção, e fiquei pensando que era meu dia de sorte. Não há dúvida.

— Hum, então foi em novembro. Dia 28. — Ainda um pouco confuso, repeti sua resposta.

— Mas, cavalheiro, por que essa obsessão com as luvas? Há alguma razão em especial em relação a elas?

O motorista indagou sorridente, mas apenas observei fixamente uma sujeirinha no para-brisa, sem responder. Continuei assim enquanto o carro percorria quatro ou cinco quarteirões. De súbito, levantei-me do assento, segurei seu ombro e berrei:

— Diga, é verdade que foi em 28 de novembro? Você seria capaz de confirmar isso diante de um juiz?

O carro sacolejou e, enquanto endireitava o volante, o motorista respondeu em um tom grave apesar de atordoado com a minha seriedade:

— Em frente a um juiz? O senhor só pode estar brincando! Mas não há dúvidas de que foi em 28 de novembro. Tenho inclusive uma testemunha. Meu assistente presenciou a cena.

— Então, volte. Retorne à casa dos Oyamada.

O motorista parecia cada vez mais espantado e um pouco atemorizado, mas ainda assim me obedeceu e deu a volta com o carro, chegando ao portão da casa dos Oyamada. Saltei às pressas do veículo, corri até a entrada, e, fazendo a criada parar, dirigi-me a ela com a seguinte pergunta:

— Parece que no fim do ano passado, por ocasião da limpeza da fuligem, as tábuas do sótão dos cômodos em estilo japonês foram todas removidas e lavadas com soda cáustica. Isso é verdade?

Como mencionei anteriormente, Shizuko me dera tal informação quando subi certo dia ao sótão. A criada devia julgar que eu enlouquecera. Ela me fitou por um tempo antes de responder:

— Sim, é verdade. Os lavadores estiveram aqui, mas a lavagem foi feita apenas com água. Foi em 25 de dezembro.

— O sótão de todos os cômodos?

— Sim, de todos eles.

Parecendo ter ouvido isso, Shizuko apareceu por trás da criada, olhando-me com uma expressão de preocupação.

— O que houve? — perguntou.

Repeti a pergunta, e ao ouvir de Shizuko a mesma resposta da criada voltei às pressas para o carro sem sequer me despedir, ordenei ao motorista que me levasse para a pensão e, afundando bem no banco, me entreguei a meus delírios peculiarmente obscuros.

As tábuas do teto dos cômodos em estilo japonês da casa dos Oyamada foram todas removidas e lavadas em 25 de dezembro do ano anterior. Isso significava que o tal botão decorativo teria que ter caído depois dessa data. Por outro lado, o motorista recebeu as luvas de presente em 28 de novembro. Como mencionei diversas vezes, o botão decorativo caído no sótão pertencia a essas luvas, um fato indubitável. Sendo assim, o botão da luva em questão *desaparecera antes de cair*. Percebi que esse estranho fenômeno aos moldes de um exemplo prático da física de Einstein queria me dizer algo. Por via das dúvidas, visitei a garagem de Tamizo Aoki, encontrei também seu assistente e o indaguei, mas não havia dúvidas de que fora em 28 de novembro. Visitei também o encarregado da lavagem do sótão da casa dos Oyamada, mas era certo que o trabalho fora executado em 25 de dezembro. Ele garantiu que retirou todas as tábuas do sótão e não havia possibilidade de haver deixado qualquer objeto, por menor que fosse.

Mesmo assim, para manter o argumento de que Rokuro havia deixado cair aquele botão, não houve outro jeito senão pensar da seguinte forma. Em suma, o botão desprendido da luva estava no bolso de Rokuro. Sem conhecimento disso, ele ofereceu as luvas ao motorista, pois não poderia usá-las sem o botão. Pelo menos um mês depois disso, quiçá três (as cartas ameaçadoras começaram a chegar a partir de fevereiro), quando ele subiu ao sótão, foi um real acaso o botão cair de seu bolso, e essa seria a ordem em que as coisas teriam ocorrido. Era também estranho que o botão da luva estivesse no bolso da roupa, e não no do sobretudo (no qual, na maioria das vezes, se guardam as luvas. E é inconcebível que Rokuro tenha subido ao sótão vestindo um sobretudo. Não, é até muito pouco natural imaginar que ele tenha subido vestindo roupas ocidentais), além disso, é impensável que um cavalheiro rico como ele tenha passado a primavera vestindo as mesmas roupas que usara no fim do ano anterior.

Isso fez reaparecer em minha mente a sombra de Shundei Oe, a besta nas sombras. O sadista Rokuro, material digno de um romance policial moderno, provocou em mim uma absurda ilusão (o único fato indubitável é ele açoitar Shizuko com um chicote de montaria de fabricação estrangeira). E se ele de fato tivesse sido assassinado? Ah, Shundei Oe, a imagem daquele monstro continuava arraigada em minha mente. Quando brota um pensamento semelhante, todos os acontecimentos se tornam estranhamente suspeitos. Pensando bem, é esquisito que eu, um mero escritor de romances, possa formular com tanta facilidade uma teoria como a que redigi no relatório contendo minhas opiniões. Eu sentia como se em algum lugar nele se escondesse um erro absurdo, por isso o deixei como uma minuta, sem passá-lo a limpo, tamanha era minha absorção no caso amoroso com Shizuko. Na realidade, eu me sentia um pouco relutante. E, chego mesmo a pensar que, por incrível que possa parecer, isso foi algo positivo.

Refletindo bem, havia provas demais nesse caso. Para onde quer que eu fosse, objetos que serviam de evidência contundente aguardavam por mim. Como diz Shundei Oe em uma de suas obras, o detetive deve ficar alerta justamente quando se depara com uma abundância de evidências. Em primeiro lugar, é inconcebível que a caligrafia tão fidedigna naquelas cartas ameaçadoras seja uma falsificação da letra de Shundei, como eu concebera. Como disse Honda certa vez, mesmo que se pudesse imitar a letra de Shundei, será que um empresário de uma área diferente, como Rokuro, seria capaz de falsificar aquele estilo de escrita peculiar? Eu me esquecera por completo até essa época, mas no romance de Shundei intitulado *O selo*, a esposa histérica de um médico tem tamanho ódio pelo marido que ela trama um plano para incriminá-lo como assassino, criando provas de que ele teria aprendido sua caligrafia para elaborar um testamento. Não teria Shundei usado do mesmo artifício para culpabilizar Rokuro?

Dependendo da perspectiva, este caso se assemelha a uma coletânea das obras-primas de Shundei Oe. Por exemplo, a fresta no sótão se baseia em *Jogos no sótão*, assim como o botão de prova remete à mesma obra. O aprendizado da caligrafia de Shundei é de *O selo* e os ferimentos na nuca de Shizuko sugerem um sadista com o método relatado em *O assassino da ladeira B*. Além disso, seja pelo caco de vidro provocando ferimentos, seja pelo corpo nu flutuando sob o banheiro, todo este caso está impregnado do ranço de Shundei Oe. Tais casualidades não seriam demasiado estranhas para serem meras coincidências? Do início ao fim, será que a enorme sombra dele não estaria pairando sobre este caso? Sinto que elaborei minhas deduções da forma que ele desejava, como se eu tivesse seguido suas instruções. Cheguei a cogitar se ele não me enfeitiçara.

Shundei está em algum lugar. E não há dúvidas de que, no fundo deste caso, seus olhos estão cintilando como os de uma cobra. Não é algo racional, mas não consigo deixar de sentir isso. No entanto, onde ele estará? Pensava nisso deitado sob as cobertas no meu quarto da pensão, mas mesmo eu, com minha resistência física, cansava-me dessas intermináveis fantasias. Enquanto pensava, acabei em um estupor de exaustão e adormeci. E, ao acordar de súbito de um sonho estranho, veio-me à mente algo peculiar. Era tarde da noite, mas liguei para a pensão de Honda e pedi que o chamassem.

— Você me disse que a esposa de Shundei Oe tem um rosto redondo, não foi? — perguntei, sem preâmbulos, para o espanto de Honda, tão logo ele pegou o telefone.

— Sim, isso mesmo — respondeu ele, passado um tempo, com a voz sonolenta após perceber que era eu.

— Sempre usa um penteado em estilo ocidental, certo?
— Sim, isso mesmo.
— Usava óculos para miopia, correto?
— Sim, isso mesmo.
— Tinha dentes de ouro, não é?
— Sim, isso mesmo.
— Os dentes eram ruins. E aplicava, com frequência, um cataplasma na face para aplacar a dor de dente, não é isso?

— Como você sabe? Você se encontrou com a esposa de Shundei?

— Não, perguntei a uma vizinha nos arredores de Sakuragicho. Porém, quando você a conheceu, ela já sofria de dor de dente?

— Sim, sempre! Os dentes dela devem ser péssimos mesmo.

— Era no lado direito da face?

— Não me lembro bem, mas acho que sim.

— Mas é estranho uma jovem que usa penteado ao estilo ocidental aplicar um analgésico tão antiquado para dor de dente. Hoje em dia, ninguém usa esse tipo de cataplasma.

— Tem razão. Mas o que houve, afinal? Você descobriu alguma pista relacionada àquele caso?

— Bem, sim! Em breve lhe contarei mais detalhes.

Assim, pedi de novo a Honda que confirmasse o que eu já sabia, por via das dúvidas.

Depois, passei quase toda a manhã escrevendo e apagando diversas formas, letras e fórmulas em papéis manuscritos sobre minha escrivaninha como se estivesse resolvendo problemas de geometria.

CAPÍTULO 11

Eu sempre enviava cartas marcando nossos encontros secretos, mas não o tendo feito durante três dias, talvez não suportando a espera, recebi de Shizuko uma carta expressa me pedindo para ir ao nosso costumeiro esconderijo no dia seguinte por volta das três da tarde. Na correspondência, ela reclamava: "Agora que sabe de minha extrema depravação, se cansou de mim? Está amedrontado?".

Mesmo recebendo essa carta, sentia-me estranhamente relutante. Relutava-me sobremaneira em encontrá-la. Apesar disso, dirigi-me àquela mansão fantasmagórica próxima de Ogyonomatsu no horário indicado por ela.

Já estávamos em junho, os dias eram de calor e umidade enlouquecedores e o céu, melancólico antes da estação das chuvas, pairava acima de mim, pressionando-me com uma força imponente. Desci do trem e, enquanto caminhava três ou quatro quadras, transpirava sob as axilas e nas costas. Ao tocar a camisa social de seda Fuji, senti sua umidade pegajosa.

Shizuko chegou antes de mim e me esperava sentada na cama dentro do armazém fresco. No andar de cima estiramos um tapete, colocamos uma cama e um sofá, e enfileiramos vários espelhos grandes, tudo para, na medida do possível, decorá-lo como o palco de nossas brincadeiras. Shizuko não hesitou em comprar objetos que, apesar de não serem encomendados, eram ridiculamente caros, incluindo o tapete e a cama, ignorando-me quando tentei impedi-la.

Ela trajava um vistoso quimono de ponjê da região de Yuki preso por uma cinta preta com bordado de folhas secas de paulownia, e, mantendo a cabeça baixa com o costumeiro coque arredondado e lustroso bem-arrumado, estava sentada confortavelmente sobre o lençol imaculado da cama, com os móveis em estilo europeu e a figura saída da era Edo formando um estranho contraste, sobretudo por sua localização no andar de cima de um armazém mal iluminado. Ao ver seu coque predileto, que ela manteve inalterado mesmo após a morte do marido, brilhando com um encanto sensual, não pude deixar de imaginar aquela aparência lasciva com ele desfeito, a franja desgrenhada como se achatada e os fios soltos desarrumados ao redor do pescoço. Quando se preparava para deixar o esconderijo, ela sempre despendia uma meia hora diante do espelho para arrumar o cabelo.

— O que deu em você para, naquele dia, voltar de propósito a fim de perguntar sobre os lavadores? Você parecia bastante nervoso. Tento imaginar o motivo, mas não consigo entender! — perguntou Shizuko, à queima-roupa, tão logo entrei.

— Você não entende? — respondi, enquanto tirava o casaco. — É algo muito sério! Eu cometi um grande engano. O sótão foi lavado em final de dezembro, mas o botão da luva de seu marido se soltou mais de um mês antes disso! Afinal, segundo aquele motorista, Oyamada o presenteou com as luvas em 28 de novembro, então o botão se soltara antes dessa data. Os acontecimentos estão fora da ordem cronológica.

— Nossa! — exclamou Shizuko, parecendo muito surpresa, mas ainda incapaz de discernir a situação com clareza. — Mas então o botão caiu no sótão um tempo depois de se soltar da luva?

— Com certeza, porém, a questão aqui é esse intervalo temporal. Ou seja, seria esquisito o botão não ter se soltado da luva quando Oyamada subiu ao sótão. É correto dizer que isso aconteceu depois, mas ao mesmo tempo teria que ter caído no sótão naquele momento, e lá teria permanecido. O fato de demorar mais de um mês desde que se soltou até cair é algo inexplicável pelas leis da física.

— Realmente. — Um pouco pálida, ela continuou imersa em pensamentos.

— Faria sentido se o botão que se soltou estivesse no bolso da roupa do seu marido e, por acaso, tivesse caído no sótão um mês depois. Mas teria Oyamada continuado a usar em plena primavera a roupa que vestia em novembro do ano passado?

— Não. Ele era muito vaidoso e no final do ano mudou para uma roupa mais quente e grossa.

— Viu? Por isso é tão estranho.

— Então — ela respirou fundo —, foi mesmo Hirata... — continuou, antes de se calar.

— Exatamente! Há um traço muito forte de Shundei Oe neste caso. Então, eu terei que revisar o relatório que redigi outro dia por completo.

Depois disso, eu lhe expliquei de uma forma simples, conforme eu escrevera no capítulo anterior, que este caso era semelhante à coletânea de obras de Shundei Oe; que havia um excesso de evidências; e que a escrita forjada se aproximava muito da caligrafia verdadeira.

— Você provavelmente não sabe a fundo, mas a vida de Shundei é realmente invulgar. Por mais que o sujeito seja um escritor misantropo, é muito esquisito. Por que ele não recebia visitantes, e se mudava com tanta frequência de moradia, viajava, ficava doente para evitar o encontro com pessoas e, por fim, gastou uma quantia infundada na casa de Mukojima Suzakicho para então deixá-la para trás mesmo tendo pagado o aluguel? Não é estranho demais, mesmo para um escritor antissocial? Não é estranho demais, a menos que sejam atos preparatórios para um assassinato?

Eu falava sentado na cama ao lado de Shizuko e ela, parecendo assustada ao imaginar que tudo não passava de uma artimanha de Shundei, se pressionou contra mim e segurou meu pulso direito com nervosismo.

— Pensando bem, eu me senti um fantoche nas mãos dele. Era como se eu fosse obrigado a encenar, baseando-me nas deduções que ele construiu, usando as falsas evidências que preparara previamente. Rá, rá, rá... — Eu ri de escárnio.

— É um sujeito temível. Captou minha maneira de pensar e produziu as evidências se ajustando a ela. De nada adiantaria um detetive comum neste caso. É preciso ser um escritor de romances que aprecia deduções como eu, capaz de ter uma imaginação bastante difusa e excêntrica. Mas se o culpado for Shundei, surgem várias incongruências. Justamente por causa delas, este caso é de difícil resolução e, Shundei, um vilão sem limites. Em suma, são duas as principais incongruências; uma é derivada do fato de as tais cartas ameaçadoras terem parado de chegar após a morte de Oyamada e, a outra, da razão do diário e da revista *Shinseinen* de Shundei estarem na estante de Oyamada. Se Shundei é o culpado, apenas esses dois fatos se tornam incoerentes! Se as tais frases à margem no diário foram inseridas imitando a caligrafia de Oyamada e as marcas de lápis no frontispício da *Shinseinen* foram criadas por ele para fornecer evidências falsas, seria impossível explicar como Shundei teria conseguido a chave daquela estante se somente Oyamada a possuía. E como ele foi capaz de entrar furtivamente naquele escritório. Nos últimos três dias, cheguei a ficar com dor de cabeça de tanto pensar nesses pontos. Em consequência, acredito ter encontrado uma solução.

"Como eu disse há pouco, este caso emana traços das obras de Shundei e, por isso, peguei seus romances para ler imaginando que se eu os pesquisasse em mais profundidade obteria uma chave para sua solução. Além disso, eu ainda não lhe falei nada, mas segundo o que ouvi de Honda, da Hakubunkan,

Shundei vagueava pelo parque de Asakusa com uma aparência estranha, fantasiado de palhaço e portando um chapéu pontiagudo. Pelo que ouvi na agência de publicidade, só pude imaginar que fosse um vagabundo do parque. Que Shundei estivesse misturado aos vadios do parque de Asakusa não seria algo no estilo de *O médico e o monstro*, de Stevenson? Fui à busca então de algo semelhante nas obras de Shundei e, como você também deve estar a par, ele tem um romance escrito antes de seu desaparecimento intitulado *País panorâmico* e uma novela anterior cujo título é *Uma pessoa, dois papéis*. Ao lê-los, pude sentir bem como ele era atraído pelo estilo de fazer as coisas do dr. Jekyll, ou seja, uma mesma pessoa se fazer passar por duas."

— Que medo! — exclamou Shizuko, segurando firme minha mão. — Seu jeito de falar me deixa nervosa. Vamos parar por aqui. Ainda mais neste armazém mal iluminado. Conversemos sobre isso outra hora; hoje, vamos nos divertir. Quando estou assim com você, nem me lembro de Hirata.

— Ouça bem. Isso é uma questão de vida ou morte para você! Se Shundei ainda estiver atrás de você... — Eu não estava com disposição para nossos jogos amorosos. — Também descobri duas curiosas coincidências neste caso. Para colocar de uma forma acadêmica, uma delas é espacial; a outra, temporal. Tenho aqui um mapa de Tóquio.

Retirei do bolso o mapa simples que eu preparara e fui indicando.

— Lembro-me de ter ouvido de Honda e do delegado da polícia de Kisakata sobre os endereços entre os quais Shundei fez as mudanças: Ikebukuro, Kikuicho em Ushigome, Negishi, Hatsunecho em Yanaka, Kanasugi em Nippori, Suehirocho em Kanda, Sakuragicho em Ueno, Yanagishimacho em Honjo e Susakicho em Mukojima, mais ou menos. Vendo desse jeito no mapa, embora Ikebukuro e Kikuicho em Ushigome estejam bem distantes entre si, os outros sete locais se concentram em uma área restrita no extremo nordeste de Tóquio. Esse foi um grande erro de Shundei! É possível entender bem o sentido da distância entre Ikebukuro e Ushigome, pois foi na época em Negishi que Shundei ficou famoso e ele começou a receber visitas indesejadas de jornalistas. Em outras palavras, até a época em Kikuicho, ele mandava todos os manuscritos por carta. A propósito, se ligarmos com uma linha os sete locais abaixo de Negishi, entendemos que eles formam uma circunferência irregular, e, se encontrarmos seu centro, teremos a chave que soluciona este caso! Vou explicar agora o porquê de tudo isso.

Ignoro o que Shizuko pensava naquele momento, mas, largando minha mão, ela de repente enlaçou meu pescoço com as mãos e daqueles lábios de Gioconda projetando seus alvos dentes encavalados soltou um grito:

— Estou com medo!

Então colou o rosto no meu, dando-me um beijo firme. Ficamos assim por um tempo, mas ao separarmos nossos lábios ela acariciou minha orelha com habilidade, usando o dedo indicador. Aproximando a boca, sussurrou em um tom doce como em uma canção de ninar:

— Não suporto perder nosso tempo precioso com essas suas histórias assustadoras. Querido, você não sente o fogo queimar em meus lábios, não ouve meu coração bater? Venha, deite-se comigo. Hum, deite-se comigo.

— Só mais um pouco. Aguente mais um pouco e ouça minha ideia. Afinal, hoje eu vim com a intenção de discutir essas coisas com você — continuei, sem me deixar seduzir por ela. — Depois há a coincidência temporal. Recordo-me bem de quando o nome de Shundei desapareceu por completo das revistas: foi a partir do final do ano retrasado. Foi na mesma época que seu marido voltou do exterior. Você me contou que ele regressou. Como essas duas coisas podem coincidir tão perfeitamente? Seria mesmo uma casualidade? O que acha?

Antes que eu pudesse terminar, Shizuko trouxe de um canto do quarto o tal chicote importado e me obrigou a segurá-lo com a mão direita, despiu-se de súbito e, caindo de bruços sobre a cama, virou apenas o rosto para mim por baixo de seu macio ombro nu.

— E o que tem isso? O quê, o quê? — Balbuciava coisas incompreensíveis como se enlouquecida. — Ah, me açoite! Me açoite! — gritava, o torso se contorcendo.

Pela janelinha via-se o céu em tons de cinza. À distância, ouvi um terrível ribombar assemelhado ao ressoar de trovões misturando-se ao zumbido dos meus próprios ouvidos. Era um som desagradável, como os tambores de guerra de uma legião de demônios vindos do céu. Talvez o clima e a estranha atmosfera dentro do armazém tivessem enlouquecido nós dois. Vendo em retrospectiva, tanto eu quanto Shizuko não estávamos em nosso juízo perfeito. Enquanto observava seu corpo suado e pálido deitado se debatendo, prossegui meu raciocínio, insistente.

— Por um lado, está muito claro que Shundei Oe está envolvido neste incidente. Porém, por outro, mesmo a força policial japonesa tendo se debruçado por dois meses no caso, não foi possível encontrar aquele renomado escritor que aparenta ter se esvaído como fumaça. Ah, até me apavoro ao pensar nisso. É estranho que não seja um pesadelo. Por que ele não tenta matar Shizuko Oyamada? Ele parou de escrever cartas ameaçadoras. Que técnica mágica teria usado para adentrar no escritório e abrir a estante?

"Não pude deixar de me lembrar de certa pessoa. Nenhuma outra senão a famosa escritora de romances policiais Hideko Hirayama. Todos pensam se tratar de uma mulher. São muitos os escritores e colegas jornalistas que acreditam que ela escreve sob pseudônimo. Dizem que Hideko recebe cartas de amor de jovens leitores todos os dias. No entanto, a verdade é que ela é um homem! Não só isso, como é um respeitável funcionário

público! Todos os escritores policiais, sejamos eu, Shundei ou Hideko Hirayama, somos monstros. Quando os interesses bizarros se intensificam, os homens chegam até mesmo a se disfarçar de mulheres, e vice-versa. Certo escritor vagava por Asakusa à noite travestido. Até se envolveu com um homem."
Obcecado, continuei a falar como um louco. Meu rosto estava molhado de suor, que escorria desagradavelmente para dentro da boca.

— Shizuko, ouça com atenção. Minhas deduções estão erradas ou não? Onde fica o centro da circunferência que une os endereços de Shundei? Olhe para este mapa. É sua casa. Yamanoshuku, em Asakusa. Todos os endereços estão a uma distância de apenas dez minutos de carro de sua residência... Por que Shundei desapareceu ao mesmo tempo que Oyamada regressou do exterior? Foi porque você não pôde mais frequentar as aulas de cerimônia do chá e de música. Entende? Quando seu marido estava ausente, você ia todos os dias à tarde e ficava até a noitinha...

"Quem preparou o terreno para me fazer construir todo aquele raciocínio? Foi você! Você me espreitou no museu e depois me manipulou ao seu bel-prazer... Somente você poderia acrescentar anotações à revelia no diário, colocar provas na estante do seu marido, deixar o botão caído no sótão. Analisei tudo isso. Há outra maneira de pensar? Vamos, responda. Responda."

— Pare! Pare! — gritou Shizuko e agarrou-se a mim, nua.

Com o rosto encostado no meu peito, chorou copiosamente a ponto de eu sentir suas lágrimas quentes sobre a pele.

— Por que chora? Por que tem tentado me impedir de raciocinar? Sendo uma questão de vida ou morte para você, não seria natural querer me ouvir? Impossível não suspeitar de você. Ainda não terminei meu raciocínio. Por que a esposa de Shundei Oe usava óculos? Por que tinha dentes de ouro e colocava um cataplasma para aliviar a dor de dente? E o penteado em estilo ocidental tornando seu rosto arredondado? Não é exatamente igual ao disfarce em *País panorâmico*, de Shundei? Nesse romance, ele explica a essência da arte do disfarce para japoneses. Mudar de penteado, portar óculos, usar apliques de tufos de algodão. Além disso, em *Moeda de bronze de um centavo* ele descreve a ideia de revestir um dente com metal dourado comprado em alguma barraca de venda noturna. Seu dente encavalado chama a atenção. Para escondê-lo, você o cobriu com outro feito de metal. Tem uma grande pinta preta em sua bochecha direita. Para escondê-la, usou o cataplasma para dor de dente. É fácil arrumar o cabelo à moda ocidental para fazer um rosto oval parecer arredondado. Assim, você se disfarçou na esposa de Shundei. Anteontem pedi a Honda que a observasse secretamente para verificar se você não se pareceria com ela. Ele afirmou que se mudasse seu penteado para um ocidental, pusesse um par de óculos e dentes de ouro, você ficaria idêntica à tal mulher. Vamos, confesse. Eu já sei de tudo. Mesmo assim, ainda pretende me ludibriar?

Afastei Shizuko de mim. Ela caiu sobre a cama chorando copiosamente e recusando-se a responder por mais que eu esperasse. Estava tão exaltado que instintivamente brandi o chicote que segurava e fustiguei suas costas nuas. De tão absorto, continuei a bater mais e mais como se, com esse ato, inquirisse pela resposta. À medida que a flagelava, sua pele alva se tingia de vermelho e, por fim, marcas de vergões escarlate imergiram. Ela continuou aos meus pés, nas costumeiras poses lascivas, com pés e mãos se contorcendo, o corpo ondulando. E, respirando com sofreguidão, repetia em voz baixa:

— Hirata, Hirata.

— Hirata? Ah, você continua tentando me enganar. Disfarçou-se na esposa dele e ainda quer me fazer acreditar que há uma pessoa chamada Shundei? Ele não existe. Não passa de um personagem ficcional. Para ocultar isso, você se fez passar pela esposa dele ao se encontrar com os jornalistas. E mudou tantas vezes de endereço daquele jeito. No entanto, determinadas pessoas não se deixam enganar por um personagem fictício, por isso você contratou um vagabundo do parque de Asakusa e o fez ficar deitado no quarto com tatames. Não foi Shundei que se disfarçou de palhaço, mas o palhaço que se disfarçou de Shundei.

Calada e estirada na cama, Shizuko parecia morta. Porém, à medida que ela respirava, os vergões escarlate em suas costas se contorciam como se estivessem vivos. Como ela emudecera, minha excitação também amainou um pouco.

— Shizuko, eu não pretendia ser cruel a esse ponto. Devia ter conversado com mais calma. Contudo, você procurou a todo custo evitar falar comigo e seu comportamento libidinoso acabou por me deixar excitado! Me perdoe. Não precisa dizer coisa alguma. Vou recapitular o que você fez. Se eu estiver enganado, basta me corrigir.

Assim, contei-lhe minhas deduções de forma a não gerar dúvidas.

— Para uma mulher, você é dotada de rara inteligência e talento literário. Basta ler suas cartas para perceber. Não é de se estranhar nem um pouco que tenha se inspirado a escrever romances policiais sob um pseudônimo masculino. Mas inusitadamente seus romances amealharam grande sucesso. E, justo quando você começou a ganhar fama, seu marido acabou partindo para o exterior por dois anos. Para consolar essa solidão e satisfazer suas manias bizarras, você idealizou o truque assustador de um personagem desempenhar três papéis. Você escreveu o romance *Uma pessoa, dois papéis*, mas foi além e teve a brilhante ideia de um personagem em tripla função. Alugou uma casa em Negishi sob o nome de Ichiro Hirata. Antes disso, Ikebukuro e Ushigome eram apenas locais estabelecidos para receber correspondências. E manteve o homem chamado Hirata escondido dos olhos do público alegando "misantropia" e "viagens", enquanto você, disfarçada de esposa dele, administrava todos os assuntos, até mesmo as conversas sobre os manuscritos. Em outras palavras, quando você os escrevia, fingia ser o Hirata de Shundei Oe; para se encontrar com os jornalistas de revistas ou alugar uma casa, usava a figura da sra. Hirata; e na casa dos Oyamada, em Yamanoshuku, se tornava a sra. Oyamada. Ou seja, uma pessoa em três papéis. Para tanto, você devia deixar a casa todos os dias durante a tarde inteira alegando praticar cerimônia do chá e música. Tinha que usar um único corpo: metade do dia como sra. Oyamada, a outra metade como sra. Hirata. Isso exigia tempo para que mudasse de penteado e de roupa, disfarçando-se, por isso não poderia ir muito longe. Sendo assim, quando mudava de endereço, escolhia sempre um local a cerca de dez minutos de carro de Yamanoshuku. Sendo um aprendiz do bizarro, eu entendo bem o que você sente. É um trabalho por demais árduo, mas talvez não haja no mundo um jogo tão prazeroso como esse. Eu me recordo agora! Um crítico chegou a comentar que certo livro de Shundei chegava a ser degradável, tamanho o nível de desconfiança, do tipo que somente uma mulher possui. Lembro-me de ele ter mencionado que Shundei era como uma besta nas sombras que se agita na escuridão. Aquele crítico dizia a verdade, não?

"Assim, dois anos se passaram em um piscar de olhos, até que seu marido finalmente regressou. Você não podia mais desempenhar dois papéis como antes. Portanto, Shundei Oe desapareceu. Mas todos sabiam que ele era um misantropo extremo, logo isso não levantou suspeitas. Contudo, o que a levou a cometer aquele crime tão horrendo? Como homem eu não entendo bem seu sentimento, mas li a respeito da psicologia das perversões de mulheres histéricas, que por vezes escrevem cartas ameaçadoras endereçadas a si mesmas. Há muitos exemplos desses casos tanto no Japão quanto no exterior. Em outras palavras, querem que as pessoas sintam pena delas, mesmo que para isso precisem atemorizar a si mesmas. Acredito que você também seja assim. Receber cartas ameaçadoras de um escritor famoso que na realidade é você própria disfarçada. Que maravilhoso atrativo!

"Ao mesmo tempo, você vivia insatisfeita com o envelhecimento de seu marido. E começou a sentir um apego irresistível pela vida libertina que experimentara na ausência dele. Não, mais do que isso. Para ser mais preciso, conforme escreveu certa vez em um romance de Shundei, você sentia uma indizível atração por crimes e assassinatos. Além disso, há Shundei, um escritor imaginário desaparecido. Se fizesse as suspeitas recaírem sobre ele, você estaria para sempre segura, se livraria de um marido desagradável, herdaria uma vultosa herança e poderia aproveitar o resto da vida como melhor lhe aprouvesse.

"Porém, você não se satisfez apenas com isso. Para estar segura, adotou uma dupla precaução. E eu fui o escolhido. Você decerto pensou em me usar, eu que sempre critiquei as obras de Shundei, como uma marionete para perpetrar sua vingança. Quanto você deve ter se divertido quando eu lhe mostrei o relatório com minhas opiniões. Não foi difícil me enganar, não é? O botão decorativo da luva, os diários, a revista *Shinseinen* e *Jogos no sótão* foram suficientes.

"Mas, como você costuma escrever nos seus romances, um criminoso sempre comete algum deslize tolo. Você recolheu o botão desprendido da luva do seu marido para usá-lo como prova valiosa, mas não se certificou de quando ele havia se soltado. Tampouco tinha qualquer noção de que esse par de luvas havia sido dado de presente ao motorista um bom tempo antes. Que deslize bobo, não é mesmo? O ferimento fatal do sr. Oyamada foi exatamente como eu supusera. A diferença é que ele não espiava de fora da janela, mas você deve tê-lo empurrado por ela de dentro do quarto em meio ao êxtase de alguma brincadeira libidinosa (motivo de ele estar usando aquela peruca).

"Então, minhas deduções estão erradas? Responda de alguma forma. Se puder, desmantele meu raciocínio. Vamos, Shizuko."

Pousei a mão sobre o ombro da exaurida Shizuko e a sacudi de leve. Porém ela não levantou o rosto, não sei se por vergonha ou arrependimento, e permaneceu imóvel e calada.

Disse tudo o que tinha para dizer e permaneci lá de pé, decepcionado e atônito. A mulher que fora até o dia anterior meu único amor estava prostrada diante de mim exibindo sua identidade feroz de besta nas sombras.

— Vou embora — anunciei, recobrando-me. — Pense bem nisso tudo mais tarde. E escolha o caminho correto. Graças a você, durante esse mês que se passou, eu pude conhecer um mundo libidinoso que não experimentara até agora. E, quando penso nisso, mesmo hoje sinto como é difícil me afastar de você. Contudo, minha consciência não me permite continuar a manter um relacionamento. Sou um homem de moral elevada. Adeus...

Dei um beijo sincero em um vergão nas costas de Shizuko e deixei para trás a casa mal-assombrada, local que foi, por esse curto período, o palco de nossa paixão. O céu parecia extremamente baixo; e a temperatura, ainda mais elevada. Todo o meu corpo fora tomado por um suor desagradável, meus dentes tiritavam e eu cambaleava como um louco.

CAPÍTULO 12

Soube do suicídio de Shizuko pelo jornal vespertino no dia seguinte. É provável que tenha decidido morrer afogada se atirando no rio Sumida, o mesmo rio em que Rokuro Oyamada foi encontrado, do andar de cima daquele prédio em estilo ocidental. O pavoroso destino fez com que seu corpo, talvez por o fluxo das águas fluviais ser constante, flutuasse até próximo àquele embarcadouro sob a ponte Azuma e fosse descoberto pela manhã por um transeunte. Um repórter de jornal, desconhecedor dos fatos, acrescentou ao final de sua matéria que "a sra. Oyamada teve um fim inevitável, morta pelas mãos do mesmo assassino de seu marido".

Ao ler isso, senti profunda tristeza pela lamentável morte de meu antigo amor, mas, por outro lado, entendi o perecimento dela como algo natural, equivalente a uma confissão do horrendo crime. Durante um mês, acreditei que fosse assim.

Contudo, por fim, à medida que o calor de meus delírios arrefecia aos poucos, uma terrível suspeita surgiu em minha mente. Em nenhum momento eu ouvira uma confissão direta de Shizuko. Apesar das diversas evidências, a interpretação foi fruto de imaginação. Não era algo tão rígido e imutável como somar dois mais dois e obter quatro. A bem da verdade, baseado nas palavras do motorista e no testemunho do lavador de fuligem, interpretei as várias provas como sendo o oposto do raciocínio crível que eu mesmo elaborara antes, não foi? Quem poderia afirmar que isso não aconteceria com alguma outra dedução? Na realidade, quando pressionei Shizuko no andar de cima daquele armazém, não intencionara chegar àquele ponto. Pretendia expor minha razão com calma e ouvir sua defesa. Mas a partir do meio da conversa, a atitude dela me induziu a uma estranha conjectura e acabei falando daquela forma tão ríspida e assertiva. E, por último, mesmo a pressionando repetidas vezes, ela se mantivera calada e não me respondia, portanto cheguei à conclusão de que seu mutismo era uma admissão de culpa. Mas isso não seria apenas suposição?

Ela de fato se suicidou. (Mas teria sido realmente suicídio? Assassinato! Se tivesse sido assassinato, quem seria o culpado? Era estarrecedor.) Mesmo que ela tenha se suicidado, isso seria prova de sua culpa? Não haveria alguma outra razão? Por exemplo, por ser uma mulher muito sensível, quando acusada por mim, em quem ela confiava, e ciente de não poder se explicar, não teria ela, em uma perturbação momentânea, perdido a vontade de continuar vivendo? Se assim for, embora não o tenha feito com minhas próprias mãos, não fora eu quem a matara? Eu disse há pouco que não foi um assassinato, mas o que seria isso, então?

Se fosse apenas a dúvida de que poderia ter matado uma mulher, eu conseguiria suportar. Porém, minha infeliz paranoia me levou a cogitar algo ainda mais apavorante. Ela estava claramente apaixonada por mim. É preciso pensar no sentimento de uma mulher acusada pelo homem amado, com desconfiança e crueldade, de ser uma terrível criminosa. Justamente por estar enamorada de mim e triste pela dura suspeita do objeto de seus afetos, ela teria por fim decidido pôr fim à vida? Mesmo que minhas terríveis deduções fossem corretas, por que quereria ela matar o marido de tantos anos? Pela liberdade? Pela fortuna? Essas coisas teriam o poder de levar uma mulher a cometer um assassinato? Não teria sido pela paixão? E o objeto dessa paixão era ninguém menos que eu.

Ah, o que posso fazer com essas terríveis dúvidas? Fosse Shizuko uma assassina ou não, acabei matando uma pobre mulher apaixonada por mim. Não posso deixar de amaldiçoar o meu miserável senso de moralidade. Haverá no mundo algo tão forte e belo como o amor? Teria eu destruído com crueldade, com o coração rígido tal qual o de um taoísta, esse amor puro e belo? Se ela fosse Shundei Oe, como eu imaginara, e se tivesse cometido aquele crime hediondo, eu me sentiria levemente reconfortado. Contudo, como posso confirmar isso? Rokuro Oyamada morreu. Shizuko Oyamada também se foi. E só se pode pensar que Shundei Oe desapareceu para sempre deste mundo. Honda afirmou que Shizuko se parecia com a esposa de Shundei. Porém tal semelhança não se sustenta como prova sozinha. Depois disso, perguntei diversas vezes ao promotor Itozaki sobre o andamento do caso, mas suas respostas foram sempre evasivas e aparentemente não existe qualquer perspectiva de Shundei Oe ser encontrado. Na vã ilusão de que Ichiro Hirata seria um personagem fictício, pedi a alguém para investigar em sua cidade natal, Shizuoka, mas fui informado de que existira e seu paradeiro era desconhecido. No entanto, mesmo que ele existisse e fosse o antigo amante de Shizuko, como se poderia afirmar que era Shundei Oe e assassinara Rokuro? Ele não está em parte alguma e não seria de todo improvável que Shizuko tivesse apenas usado o nome verdadeiro de um namorado antigo para uma de suas três identidades. Além disso, com a permissão dos familiares, vasculhei todos os pertences, cartas e outros objetos de Shizuko. Tentei descobrir alguns fatos. Porém, essa tentativa também se revelou frustrada.

Por mais que tente, não me arrependo o suficiente de minha tendência a deduções e fantasias. E, se pudesse, mesmo sabendo ser inútil, dedicaria minha vida a peregrinar por todo o Japão — não, eu iria até os confins do mundo — à procura do paradeiro de Shundei Oe ou Ichiro Hirata (porém, mesmo encontrando Shundei, sendo ele o culpado ou não, a minha dor se aprofundaria ainda mais, por razões diferentes).

Seis meses se passaram desde a morte trágica de Shizuko. Mesmo assim, Ichiro Hirata não aparece. E minha terrível e irreparável dúvida apenas se aprofunda com o passar dos dias e meses.

O arquiteto do mistério japonês

Por Ana Paula Laux

A década de 1920 foi um marco na literatura policial, e sua influência se espalhou por várias partes do mundo, incluindo o Japão. No Ocidente, esse período é conhecido como a Era de Ouro da ficção policial, quando autores como Agatha Christie, Dorothy L. Sayers e Ellery Queen moldaram o gênero com suas complexas histórias de mistério e detetives lógicos que resolviam enigmas com uma precisão quase científica. As narrativas desses escritores eram repletas de mistérios bem elaborados, nos quais a lógica e a razão prevaleciam, convidando os leitores a seguir a resolução do crime enquanto desvendavam pistas e seguiam deduções implacáveis.

Ao mesmo tempo, nos Estados Unidos, uma nova vertente da literatura policial emergia: a ficção *hardboiled*. Esse subgênero mais sombrio e realista apresentava detetives cínicos e durões, em cenários que expunham as mazelas da sociedade. Dashiell Hammett, com sua obra *O falcão maltês* (1929), trouxe o crime para as ruas, onde policiais e detetives não eram mais os heróis perfeitos, mas homens complexos, moldados pelas mesmas sombras que tentavam desvendar. Essa nova abordagem se afastava da racionalidade dos detetives tradicionais e mergulhava no lado mais obscuro e corrupto da vida urbana, em que o crime estava intrinsecamente ligado ao sistema.

Foi nesse cenário literário vibrante que o Japão encontrou sua própria voz no gênero policial. Edogawa Ranpo (1894-1965), pseudônimo escolhido por Tarō Hirai em homenagem a Edgar Allan Poe, deu um novo rumo ao suspense no Japão, misturando elementos da literatura ocidental com as tradições e o imaginário cultural japonês. Ao contrário de seus contemporâneos ocidentais, que se concentravam na lógica pura dos crimes e nas investigações meticulosas, Ranpo foi além. Ele mergulhou na complexidade da mente humana e nos cantos obscuros da psique, trazendo uma combinação de mistério, horror e erotismo nunca antes vista.

Sua obra *A besta nas sombras* (1928) se destaca não apenas como um mistério, mas também como uma reflexão acerca das contradições e tensões de uma sociedade em transformação. Nos anos 1920, Tóquio passava por uma modernização intensa, na qual os efeitos da ocidentalização se misturavam com o respeito pelas tradições milenares. O Japão, em sua busca por progresso, enfrentava uma luta interna constante, tentando equilibrar o antigo e o novo, a tradição e a modernidade. Ranpo, com sua narrativa audaciosa, capturou essas tensões, criando um cenário no qual o avanço tecnológico e cultural gerava medo do desconhecido, ansiedade a respeito do futuro e incerteza quanto à identidade cultural do país.

Em *A besta nas sombras*, essa modernização se revela por meio do ambiente urbano, com uma Tóquio iluminada por letreiros elétricos e cafés cheios de intelectuais e artistas. Ao mesmo tempo, a cidade ainda enfrentava desigualdades sociais e uma crescente censura, refletindo as tensões internas da sociedade. Ranpo transforma essa dualidade no pano de fundo ideal para seus personagens complexos, que navegam pelos labirintos da cidade e da própria mente. O suspense não está apenas no crime a ser resolvido, mas também na luta interna constante dos personagens, que simbolizam essas tensões.

Essa mistura do racional com o irracional, do concreto com o subjetivo, é uma das características marcantes de Ranpo. Nos seus romances, as linhas que separam ficção e realidade se confundem, um tema que fica bem evidente na estrutura de *A besta nas sombras*, em que o próprio narrador questiona a veracidade dos eventos. A narrativa se transforma em metalinguagem, um jogo de espelhos que leva o leitor a se perguntar o que é real e o que é apenas fruto da imaginação do protagonista, um escritor preso em uma trama de mistério. Com isso, Ranpo não só desafiou as normas do gênero, mas também as regras da narrativa policial, criando uma obra inovadora e cheia de camadas.

Além disso, *A besta nas sombras* também permite uma reflexão sobre a figura feminina, explorando como as mulheres eram percebidas e retratadas no início do século XX, uma época em que a sociedade japonesa ainda era fortemente influenciada por valores patriarcais. Embora muitas vezes suas personagens femininas apareçam como figuras passivas, vitimizadas ou idealizadas, é possível notar as limitações dessa representação, enquanto a obra oferece uma crítica à situação das mulheres na literatura e na sociedade da época. Ranpo, por meio de suas histórias, desafiava a idealização da mulher, iluminando os aspectos mais sombrios das relações humanas e do papel de gênero na sociedade.

A abordagem psicológica de Ranpo, que combina erotismo e horror, também ressoa com a estética da ficção *hard-boiled*, que começava a ganhar destaque nos Estados Unidos, repleta de tramas violentas e tensões psicológicas. Enquanto autores como Hammett exploravam as ruas sujas e perigosas das cidades americanas, Ranpo se voltava para os recantos da mente humana, sugerindo que os verdadeiros monstros não estavam nos becos escuros, mas nas sombras do desejo e da obsessão. Essa perspectiva mais introspectiva trouxe uma nova camada de complexidade e profundidade ao suspense japonês, abrindo portas para futuros escritores que se dedicariam a expandir os limites do gênero no Japão.

Na verdade, o impacto de Edogawa Ranpo foi tão significativo que sua influência é visível em várias gerações de escritores japoneses, como Seishi Yokomizo (1902-1981) e Natsuhiko Kyogoku (1963-), que continuaram a explorar os temas de mistério e do horror psicológico. Ranpo não apenas moldou a literatura policial japonesa, mas também foi uma inspiração para cineastas, mangakás e até mesmo para a cultura pop contemporânea.

Quase um século após a publicação de *A besta nas sombras*, o romance de Ranpo continua relevante, desafiando e fascinando leitores. Sua narrativa de mistério, desejo e paranoia não só apresenta um crime a ser resolvido, mas também convida o leitor a mergulhar nas profundezas da psique humana, questionando o que é real e o que é fictício, o que é moral e o que é monstruoso. *A besta nas sombras* é, sem dúvida, uma obra-prima que transcende seu tempo e continua a influenciar leitores e escritores ao redor do mundo.

Agora, com a chegada da obra à coleção Clube do Crime da HarperCollins, o romance de Edogawa Ranpo finalmente se desvela ao público brasileiro, apresentando um dos maiores mestres do gênero policial para uma nova geração de leitores. Com a mesma tensão psicológica que o consagrou, *A besta nas sombras* convida os leitores a mergulharem no mistério central da história e nas sombras que habitam a mente humana, desafiando-nos a refletir até onde a obsessão e o desejo podem nos levar. Esta edição é, sem dúvida, uma oportunidade imperdível para os fãs do gênero e para todos que buscam uma leitura que vai além do mero mistério, proporcionando uma imersão profunda nas complexidades da psique humana.

Ao virar a última página, o que fica não é apenas a resolução do mistério, mas uma reflexão inquietante sobre a natureza da obsessão e da paranoia. Afinal, a verdadeira "besta" da narrativa não é um monstro físico, mas as sombras que residem dentro de cada um de nós.

Tarō Hirai (1894-1965)

Sob o pseudônimo Edogawa Ranpo, foi um dos autores mais proeminentes da Era de Ouro da ficção policial no Japão. Nascido na prefeitura de Mie, ele se formou na Universidade Waseda em 1916 e fez uma série de bicos como contador, atendente e vendedor antes de descobrir sua vocação como escritor. O primeiro autor moderno de mistérios no Japão e fundador do Mystery Writers of Japan, Ranpo criou seu pseudônimo a partir da pronúncia japonesa de Edgar Allan Poe, uma de suas maiores inspirações. Ele faleceu em 1965, mas suas obras continuam a ser um sucesso no Japão e no mundo.